初級日本語—能力本位教材

羅素娟・王百祿・張耿明・邱齊滿・陳金順　編著
高橋正己　校閱

前言

本教材分『初級日本語』和『中級日本語』兩冊，由五位資深日語教師共同擔任編寫的工作。為了呈現最佳的內容，每一疑慮之處，均經過多次編寫會議的討論，方才定稿以示審慎。本教材是以本國學生為對象所編寫，『初級日本語』適用於第一年的日語課程；『中級日本語』適用於第二年的日語課程。本次改版特別加強版面的編排，以提升易讀性及使用便利度。

初級日本語

一～四課內容

1 学習ポイント　2 語彙　3 文型　4 会話
5 説明　6 文化コラム　7 練習

五～十二課內容

1 学習ポイント　2 語彙　3 文型　4 会話
5 読み物　6 説明　7 文化コラム　8 練習

為了方便學習者自習，本教材除了「練習」附有解答之外，另附有練習本供學習者以測驗的方式，瞭解自我學習的成效。而練習本之測驗題也儘量模仿日語能力檢定測驗的出題方式，讓學習者熟悉日語能力測驗的出題方式，方便未來參加日語能力檢定測驗。

『中級日本語』現已出版，可接續本冊閱讀，加強自身日語實力。在此要感謝黃廷合教授的鼓勵，和全華圖書股份有限公司相關同仁的配合，本教材才能順利付梓。

陳金順・王百祿
張耿明・邱齊滿・羅素娟　謹識

目次

字母・發音篇

第一節 字母

一、清音(平假名、片假名)

CD 1-1

平假名	片假名	羅馬拼音	平假名	片假名	羅馬拼音	平假名	片假名	羅馬拼音	平假名	片假名	羅馬拼音	平假名	片假名	羅馬拼音
あ	ア	a	い	イ	i	う	ウ	u	え	エ	e	お	オ	o
か	カ	ka	き	キ	ki	く	ク	ku	け	ケ	ke	こ	コ	ko
さ	サ	sa	し	シ	shi	す	ス	su	せ	セ	se	そ	ソ	so
た	タ	ta	ち	チ	chi	つ	ツ	tsu	て	テ	te	と	ト	to
な	ナ	na	に	ニ	ni	ぬ	ヌ	nu	ね	ネ	ne	の	ノ	no
は	ハ	ha	ひ	ヒ	hi	ふ	フ	fu	へ	ヘ	he	ほ	ホ	ho
ま	マ	ma	み	ミ	mi	む	ム	mu	め	メ	me	も	モ	mo
や	ヤ	ya	(い)	(イ)	i	ゆ	ユ	yu	(え)	(エ)	e	よ	ヨ	yo
ら	ラ	ra	り	リ	ri	る	ル	ru	れ	レ	re	ろ	ロ	ro
わ	ワ	wa	(い)	(イ)	i	(う)	(ウ)	u	(え)	(エ)	e	を	ヲ	o
ん	ン	n												

說明

一般所謂的「五十音図」就是指清音，按五十音表從「あ→を」來看應該有五十個字母，但是扣掉重複的字母後只剩45個字母。「ん」並不屬於五十音表的範圍。

二、濁音(平假名、片假名)

CD 1-2

平假名	片假名	羅馬拼音	平假名	片假名	羅馬拼音	平假名	片假名	羅馬拼音	平假名	片假名	羅馬拼音	平假名	片假名	羅馬拼音
が	ガ	ga	ぎ	ギ	gi	ぐ	グ	gu	げ	ゲ	ge	ご	ゴ	go
ざ	ザ	za	じ	ジ	zi	ず	ズ	zu	ぜ	ゼ	ze	ぞ	ゾ	zo
だ	ダ	da	ぢ	ヂ	di	づ	ヅ	du	で	デ	de	ど	ド	do
ば	バ	ba	び	ビ	bi	ぶ	ブ	bu	べ	ベ	be	ぼ	ボ	bo

說明

其中「ぢ」、「づ」兩個字母已被「じ」、「ず」所取代，在現代使用的日語中已不常使用。

三、半濁音(平假名、片假名)

CD 1-3

平假名	片假名	羅馬拼音	平假名	片假名	羅馬拼音	平假名	片假名	羅馬拼音	平假名	片假名	羅馬拼音	平假名	片假名	羅馬拼音
ぱ	パ	pa	ぴ	ピ	pi	ぷ	プ	pu	ぺ	ペ	pe	ぽ	ポ	po

四、拗音(平假名、片假名)

CD 1-4

平假名	片假名	羅馬拼音	平假名	片假名	羅馬拼音	平假名	片假名	羅馬拼音
きゃ	キャ	kya	きゅ	キュ	kyu	きょ	キョ	kyo
しゃ	シャ	sha	しゅ	シュ	shu	しょ	ショ	sho
ちゃ	チャ	cha	ちゅ	チョ	chu	ちょ	チョ	cho
にゃ	ニャ	nya	にゅ	ニュ	nyu	にょ	ニョ	nyo
ひゃ	ヒャ	hya	ひゅ	ヒュ	hyu	ひょ	ヒョ	hyo
みゃ	ミャ	mya	みゅ	ミュ	myu	みょ	ミョ	myo
りゃ	リャ	rya	りゅ	リュ	ryu	りょ	リョ	ryo
ぎゃ	ギャ	gya	ぎゅ	ギュ	gyu	ぎょ	ギョ	gyo
じゃ	ジャ	ja	じゅ	ジュ	ju	じょ	ジョ	jo
ぢゃ	ヂャ	dya	ぢゅ	ヂュ	dyu	ぢょ	ヂョ	dyo
びゃ	ビャ	bya	びゅ	ビュ	byu	びょ	ビョ	byo
ぴゃ	ピャ	pya	ぴゅ	ピュ	pyu	ぴょ	ピョ	pyo

說明

拗音是從帶「i」的母音的字母再加上「や、ゆ、よ」三個字母所形成。由於「や、ゆ、よ」這一行標成「ya、yu、yo」的「y」的音在發音上與「i」非常接近，因此會造成連音的現象。如：

きゃ → 〔ki〕+〔ya〕 → kya

きゅ → 〔ki〕+〔yu〕 → kyu

きょ → 〔ki〕+〔yo〕 → kyo

而拗音的「や、ゆ、よ」必須偏右小寫。其中「ぢゃ、ぢゅ、ぢょ」讀音與「じゃ、じゅ、じょ」完全相同，已被取代。

五、特殊音

說明

1. 鼻音：「ん」
2. 促音：「っ」
3. 長音：「あ」「い」「う」「え」「お」

由於「鼻音、促音、長音」都屬於「附屬音節」，因此只能出現在別的字母後面，因此「鼻音、促音、長音」絕不會出現在任何單字的第一個讀音上。

第二節　發音練習

以上是所有發音的符號，接著我們來看看這些發音的符號如何運用在單字的結構上。

一、平假名

CD 1-5

1. 清音

あき	(秋天)	いし	(石頭)	うま	(馬)
えき	(火車站)	おと	(聲響)	かお	(臉孔)
きく	(菊花)	くつ	(鞋子)	こい	(鯉魚)
おとこ	(男人)	さかな	(魚)	くるま	(車子)
にもつ	(行李)	つくえ	(桌子)	けさ	(今天早上)
むすめ	(女兒)	さくら	(櫻花)	やさい	(青菜；蔬菜)

2. 濁音

ご	(五)	たばこ	(香菸)	ごご	(下午)
ちず	(地圖)	かじ	(火災)	からだ	(身體)
かがみ	(鏡子)	てがみ	(信)	かぐ	(家具)
こども	(小孩)	かぞく	(家人)	かいぎ	(會議)
かぜ	(風)	じびき	(字典)	ろくがつ	(六月)

3. 半濁音

せんぱい（學長）　しんぴ　（神秘）　せっぷく（切腹）
さっぽろ（札幌）　いっぽん（一枝；一根）　いっぴき（一隻）

➲ 半濁音經常會跟隨在促音之後一起出現

4. 拗音

きゃくま　（客廳）　ひゃく（百）　かいしゃ（公司）
しゅくだい（家庭作業）　おちゃ（茶）　しゃかい（社會）

註 單字在拗音「～ yu」、「～ yo」之下有很多加「う」讀長音的情形。

ちきゅう　（地球）　ぎゅうにゅう（牛奶）　きょうしつ（教室）
しょうせつ（小説）　びょういん　（醫院）　りょうり　（料理）

5. 鼻音

ほん　（書）　おんがく（音樂）　あんぜん（安全）
うんてん（駕駛）　ぎんか　（銀幣）　ぐんじん（軍人）
げんかん（大門）　ぶんか　（文化）　こんばん（今晚）

6. 促音

がっこう（學校）　ろっぴゃく（六百）　けっこん（結婚）
きっぷ　（車票）　はっぴゃく（八百）

7. 長音

(1)〔～a〕＋あ：

おかあさん（母親）おばあさん（祖母）

(2)〔～i〕＋い：

おじいさん（祖父）　おおきい（大的）　おいしい（好吃的）
おにいさん（哥哥）　ちいさい（小的）

(3)〔～u〕＋う：

くうき　（空氣）　すうがく（數學）　つうきん（通勤）
たいふう（颱風）　ぐうぜん（偶然）

(4)〔～e〕＋い：

せんせい（老師）　せいかつ（生活）　とけい（鐘錶）
かてい　（家庭）　めいれい（命令）

註〔～e〕＋え僅僅只有一個
おねえさん（姊姊）

(5)〔～o〕＋う：

おうさま（國王）　こうえん（公園）　そうじ　（打掃）
べんとう（便當）　のうみん（農民）　ほうそう（廣播）
もうふ　（毛毯）　ようふく（洋服）　ろうそく（蠟燭）

註〔～o〕＋お讀法與〔～o〕＋う相同，但是寫法不同，必須特別留意。
おおきい（大的）　おおかみ（野狼）　こおろぎ（蟋蟀）
こおり　（冰）　とおか　（十日）　おおさか（大阪）

二、片假名

CD 1-6

1. 清音

アイス　（冰塊）　アメリカ（美國）　アフリカ（非洲）
イタリア（義大利）　カメラ　（相機）　テニス　（網球）
トイレ　（廁所）　ナイフ　（小刀）　ミルク　（牛奶）
ホテル　（旅館）　クラス　（班級）　タオル　（毛巾）

2. 濁音

ガラス	（玻璃）	カナダ	（加拿大）	イギリス	（英國）
アルバイト	（打工）	ゴルフ	（高爾夫球）	サラダ	（沙拉）
ドア	（門）	テレビ	（電視）	バス	（公車）
バナナ	（香蕉）	ビル	（大廈）	ビデオ	（錄放影機）
ラジオ	（收音機）				

3. 半濁音

パイプ	（煙斗）	タイプ	（打字）	ピアノ	（鋼琴）
ピストル	（手槍）	プロ	（專業）		

4. 拗音

キャベツ	（高麗菜）	シャツ	（襯衫）	ジャム	（果醬）
チョイス	（選擇）	ピュア	（純潔的；清純的）		

5. 鼻音

テント	（帳棚）	ジョギング	（慢跑）	パソコン	（個人電腦）
ピンポン	（乒乓球）	マンション	（豪華公寓）	パン	（麵包）

6. 促音

ペット	（寵物）	トラック	（卡車）	キャッシュ	（現金）
ショッピング	（逛街;購物）	コップ	（茶杯）		

7. 長音

アパート	（公寓）	ケーキ	（蛋糕）	コンピューター	（電腦）
コーヒー	（咖啡）	ボールペン	（原子筆）	ハンバーガー	（漢堡）
スーパー	（超市）	タクシー	（計程車）	エレベーター	（電梯）
ビール	（啤酒）	デパート	（百貨公司）		

➲ 片假名的單字長音全都以「ー」來標示。

招呼語句

招呼語

CD 1-7

1.	おはよう　ございます	早安
2.	こんにちは	午安
3.	こんばんは	晚安
4.	さようなら	再見
5.	おやすみ　なさい	您休息吧！
6.	すみません	對不起；謝謝你
7.	どうも　ありがとう　ございます	非常謝謝你
8.	いいえ、　どう　いたしまして	那裡，不用客氣
9.	おめでとう　ございます	恭喜你
10.	ごめんなさい	對不起
11.	ごめんください	有人在家嗎？
12.	いらっしゃいませ	歡迎光臨
13.	はじめまして	幸會
14.	どうぞ　よろしく	請你指教
15.	おねがい　いたします	麻煩你
16.	ただいま	我回來了
17.	おかえりなさい	你回來了
18.	いって　まいります	我走了
19.	いって　らっしゃい	您慢走
20.	ちょっと　まって　ください	請等一下
21.	わかりません	不知道
22.	もう　いちど　いって　ください	請再說一次
23.	おまたせ　しました	讓您久等了
24.	おさきに　しつれいします	我先失陪

25.	ちょっと　しつれいします	我失陪一下
26.	どうぞ　おさきに	您請先走
27.	おげんきですか	你好嗎
28.	おかげさまで　げんきです	托你的福，我很好
29.	いただきます	我要吃（喝）了；我就不客氣收下來了
30.	ごちそうさまでした	（用餐後）謝謝豐盛的招待
31.	どうぞ　おはいり　ください	您請進
32.	どうぞ　おかけ　ください	您請坐
33.	おちゃを　どうぞ	請喝茶
34.	どうぞ　めしあがって　ください	您請吃（喝）

筆

記

欄

1

はじめまして　佐藤(さとう)です。よろしく。

学習ポイント

1. 介紹人稱代名詞
2. 日文名詞敘述句的疑問、肯定、否定用法
3. 日常招呼用語

語彙

CD 1-8

1.	だれ	誰	【代名詞】	誰
2.	どなた		【代名詞】	哪位
3.	わたし	私	【名詞】	我（第一人稱）
4.	あなた		【名詞】	您／你（第二人稱）
5.	あのひと	あの人	【名詞】	他（第三人稱）
6.	いしゃ	医者	【名詞】	醫生
7.	おまわりさん	お巡りさん	【名詞】	警察
8.	かいしゃいん	会社員	【名詞】	公司職員
9.	がくせい	学生	【名詞】	學生
10.	かのじょ	彼女	【名詞】	她（第三人稱）
11.	かれ	彼	【名詞】	他（第三人稱）
12.	かんごし	看護師	【名詞】	護理人員
13.	こうむいん	公務員	【名詞】	公務員
14.	～さん			
15.	かた	方	【名詞】	人（敬稱）
16.	せんせい	先生	【名詞】	老師
17.	なまえ	名前	【名詞】	名字
18.	ひしょ	秘書	【名詞】	秘書
19.	おねがいします	お願いします	【動詞】	拜託
20.	どうぞ		【副詞】	請
21.	よろしく	宜しく	【副詞】	多多指教
22.	これから		【連語】	今後
23.	いいえ		【感嘆詞】	不是
24.	はい		【感嘆詞】	是

文　型

CD 1-9

1. あなたは　会社員（かいしゃいん）ですか。

……はい、私（わたし）は　会社員（かいしゃいん）です。

……いいえ、私（わたし）は　会社員（かいしゃいん）では　ありません。医者（いしゃ）です。

> 1. 你是公司職員嗎？
>
> ……是的，我是公司職員。
>
> ……不，我不是公司職員。是醫生。

2. 佐藤（さとう）さんは　秘書（ひしょ）です。林（りん）さんも　秘書（ひしょ）ですか。

……はい、私（わたし）も　秘書（ひしょ）です。

……いいえ、私（わたし）は　秘書（ひしょ）では　ありません。看護師（かんごし）です。

> 2. 佐藤小姐是秘書。林小姐你也是秘書嗎？
>
> ……是的，我也是秘書。
>
> ……不，我不是秘書。是護理人員。

3. お名前（なまえ）は。

……私（わたし）は　佐藤（さとう）です。

> 3. 你叫什麼名字。
>
> ……我叫佐藤。

4. はじめまして、佐藤（さとう）です。どうぞ、よろしく。

……はじめまして、陳（ちん）です。よろしく。

> 4. 初次見面，敝姓佐藤。請多多指教。
>
> ……初次見面，敝姓陳。請多多指教。

5. あの　人(ひと)は　誰(だれ)ですか。

……あの　人(ひと)は　佐藤(さとう)さんです。

5. 那個人是誰？

……他是佐藤先生（小姐）。

6. あの　方(かた)は　どなたですか。

……あの　方(かた)は　佐藤先生(さとうせんせい)です。

6. 那位是誰？

……那位是佐藤老師。

7. お元気(げんき)ですか。

……はい、元気(げんき)です。

7. 你好嗎？

……是的，我很好。

8. ありがとう　ございます。

……いいえ、どういたしまして。

8. 謝謝。

……不用客氣。

会話一

学校(がっこう)で

佐藤(さとう)：はじめまして、佐藤(さとう)です。どうぞ　よろしく。

田中(たなか)：はじめまして、田中(たなか)です。どうぞ　よろしく。

佐藤(さとう)：田中(たなか)さんは　先生(せんせい)ですか。

田中(たなか)：いいえ、私(わたし)は　先生(せんせい)では　ありません。私(わたし)は　学生(がくせい)です。
佐藤(さとう)さんも　学生(がくせい)ですか。

佐藤(さとう)：いいえ、学生(がくせい)では　ありません。先生(せんせい)です。

田中(たなか)：あ、どうも　すみません。これから　どうぞ　よろしく
お願(ねが)いします。

在學校

佐藤：初次見面，敝姓佐藤。請多多指教。

田中：初次見面，敝姓田中。請多多指教。

佐藤：田中先生是老師嗎？

田中：不，我不是老師，是學生。佐藤先生也是學生嗎？

佐藤：不，我不是學生。是老師。

田中：啊，實在很抱歉。今後請多多指教。

会話二

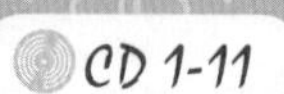

電話(でんわ)を掛(か)ける

佐藤(さとう)：もしもし。

田中(たなか)：はい、田中(たなか)です。どなたですか。

佐藤(さとう)：佐藤(さとう)です。智子(ともこ)さん、お願(ねが)い　します。

打電話

佐藤：喂～。

田中：喂～我是田中。哪位呢？

佐藤：我是佐藤。麻煩請智子聽電話。

說 明

1. 文字和語彙

在你進入這課前，平假名及片假名是否記熟了呢？日文的文字不外乎平假名、片假名，還有漢字。近代則多列入羅馬字。但對中國人而言，漢字及羅馬字都很容易學習。所以，首先務必把平假名、片假名記熟。

當你把文字記熟之後，其次要注意的是文字與發音的結合，文字與發音的結合便成了語彙。

以日文爲例，日文最早只有發音沒有文字，文字是從中國借進來的，其借用的情況可區分爲三種， 借字又借音（音讀）。例如：「山」讀做「さん」。借字不借音（訓讀）例如：「山」讀做「やま」。因日常生活過於常用，於是只用假名省略漢字。例如：これ。當你在記憶語彙時，尤其要注意每一個漢字都有其讀音，例如:「学生」讀做「がくせい」，「学」讀做「がく」，「生」讀做「せい」。

另外，日文在文句表記上，是屬於「假名漢字混和體」，例如：「私は学生です」。此時，要注意假名與漢字如何區隔。

2. N1 は　N2 ですか。（N1 是N2 嗎？）
はい、N1 は　N2 です。（是的，N1 是N2。）
いいえ、N1 は　N2 では　ありません。（不，N1 不是N2。）

這是日文名詞敘述句的疑問、肯定、否定用法。此句型有幾點要特別注意，如下：

(1) 日文的「は」要注意它的發音，在單字中「は」讀做「ha」；但在句子中，當助詞用時，讀做「wa」。助詞的「は」在此主要是當副助詞，標示主語的文法功能。無相對應的中文翻譯。

(2) 日文的「です」是助動詞。「です」表肯定，相當於中文的「是」；「ではありません」表否定，相當於中文的「不是」。

(3) 日文的「か」爲終助詞，在句尾時表疑問。相當於中文的「嗎」、「呢」。

(4) 「N1 はN2 です」的「N1」是主語，「N2 です」是述語，說明N1的性質。在本課中可將人稱代名詞「わたし」、「あなた」、「あのひと」或人名套入N1，將職業或姓名、性別套入N2。

(5) 疑問句中當N2 為肯定的一般名詞時，回答句為「はい」表肯定；「いいえ」表否定。

佐藤(さとう)さんは　学生(がくせい)ですか。
はい、私(わたし)は　学生(がくせい)です。

(6) 疑問句中當N2 為疑問詞時，回答句直接回答即可。不用「はい」、「いいえ」。

あの　人(ひと)は　誰(だれ)ですか。
陳(ちん)さんです。

3. N1 も　N2 ですか。（N1 也是N2 嗎？）
はい、N1 も　N2 です。（是的，N1 也是N2。）
いいえ、N1 は　N2 ではありません。（不，N1 不是N2。）

日文的「も」為副助詞，表同類。相當於中文的「也」。

佐藤(さとう)さんは　秘書(ひしょ)です。林(りん)さんも　秘書(ひしょ)です。

整句話翻譯成中文是：「佐藤是秘書。林小姐也是秘書。」表示之前有人提到佐藤小姐是秘書，而林小姐跟她一樣也是秘書。只是在此，要注意「も」句的肯定及否定回答。習慣如中文。

例

佐藤(さとう)さんは　秘書(ひしょ)です。林(りん)さんも　秘書(ひしょ)ですか。

肯定回答時：

……はい、私(わたし)も　秘書(ひしょ)です。（是的，我也是秘書。）

否定回答時：

……いいえ、私(わたし)は　秘書(ひしょ)では　ありません。看護師(かんごし)です。

（不，我不是秘書。是護理人員。）

4. 日常招呼用語

每天早上十點前第一次見到對方說：「おはようございます」（早安）。十點後說：「こんにちは」（你好）。晚上六、七點後說：「こんばんは」。睡前說：「おやすみなさい」。當別人問候你時，你也可以以同樣的話問候對方。

A：おはよう　ございます。

B：おはよう　ございます。

A：こんにちは。

B：こんにちは。

A：こんばんは。

B：こんばんは。

A：おやすみ　なさい。

B：おやすみ　なさい。

如果你有一段時間沒見到對方，想知道對方好不好，可說：「おげんきですか」，寫信時也可以用。

如果別人問候你：「おげんきですか」，肯定回答時，你只要說「げんきです」即可。千萬不要說：「おげんきです」，因爲「お」是對對方表示客氣時用，自己回答時，並不需要客氣。

A：おげんきですか。

B：はい、げんきです。

另外，「おげんきで」則是在告別時，要對方保重之意。有時可在句尾再加一個「ね」表示叮嚀。「おげんきでね」（你要保重喔。）

本課還有一個重點是如何向第一次認識的人介紹自己，依照其客氣程度有以下幾種說法：

はじめまして、さとうです。よろしく。

はじめまして、さとうです。どうぞ　よろしく。

はじめまして、さとうです。どうぞ　よろしく　おねがい　します。

はじめまして、さとうです。どうぞ　よろしく　おねがい　いたします。

（初次見面，敝姓佐藤。請多多指教。）

日本文化コラム

牛郎織女（中）與仙女的羽衣（日）

你一定熟知中國牛郎織女的故事，其實，日本有一個相似的故事，那就是仙女的羽衣，你聽過嗎？

很久以前，在靜岡縣某個漁村裡，住著一位年輕的漁夫，漁夫和母親相依爲命，每天都得出外捕魚，維持家計。

一天，漁夫要出海捕魚，經過一片樹林時，突然看到樹枝上掛著一大片白色的東西，他走近一看，原來有八位美麗的女孩在海裡戲水。漁夫看得入迷了，很好奇仙女們穿的羽衣是什麼樣子，於是他偷拿了一件，躲在樹後偷看。仙女們從海裡上來，披上羽衣，飄然的飛向天空，最後一位仙女發現找不到羽衣，忍不住哭了起來，躲在一旁的漁夫覺得她很可憐，趕緊拿出羽衣安慰她。仙女請求漁夫把羽衣還給她，但漁夫希望仙女能夠留下來當他的妻子，仙女沒有辦法，只好答應嫁給漁夫，和他一起生活。

仙女做事很勤快，對丈夫和婆婆也很體貼，他們都很喜歡她。但每當夜深人靜時，仙女都會偷偷的哭泣，因爲她眞的很想念天上的姊姊們。仙女請求丈夫和婆婆讓她看一眼羽衣，但他們都不答應。

一天早上，漁夫出門捕魚，婆婆和仙女在家中忙家務事，她們一面工作，一面聊天，婆婆突然問仙女，現在還想回天上嗎？仙女沒想到她會這麼問，愣了一下才回答說，已經習慣人間的生活，不想再回天上了；但她心裡還是惦記著羽衣，於是故意以要修補羽衣爲由，要婆婆讓她看一眼，婆婆也沒想太多，從衣櫥裡拿出羽衣，仙女拿到日夜思念的羽衣，不禁流下眼淚，很快披上羽衣飄向天空。婆婆著急得叫仙女趕快下來，但仙女已愈飛愈遠，消失在空中。

你覺得這兩個故事相似度有多少呢？

1. 請依例選出正確的漢字，並填入＿＿＿中。

例 がくせい → 学生

(1) わたし → ＿＿＿＿＿＿

(2) せんせい → ＿＿＿＿＿＿

(3) かれ → ＿＿＿＿＿＿

(4) だれ → ＿＿＿＿＿＿

(5) かんごし → ＿＿＿＿＿＿

(6) ひしょ → ＿＿＿＿＿＿

(7) かいしゃいん → ＿＿＿＿＿＿

(8) おまわりさん → ＿＿＿＿＿＿

誰	先生	彼	私	学生
お巡りさん	会社員	看護師	秘書	

2. 請聽CD，並寫出正確內容。 CD 1-12

(1)＿＿＿＿ (2)＿＿＿＿ (3)＿＿＿＿ (4)＿＿＿＿ (5)＿＿＿＿

(6)＿＿＿＿ (7)＿＿＿＿ (8)＿＿＿＿ (9)＿＿＿＿ (10)＿＿＿＿

3. 看圖依例寫出適當的答案。

例	❶	❷	❸	❹
（ 秘書 ）	（　　）	（　　）	（　　）	（　　）
（ ひしょ ）	（　　）	（　　）	（　　）	（　　）

4. 看圖依例寫出正確的句子。

A. → 佐藤(さとう)さんは 医者(いしゃ)です。

(1) → ______________________________

(2) → ______________________________

(3) → ______________________________

(4) → ______________________________

B. → 佐藤(さとう)さんは お巡(まわ)りさんでは ありません。

(1) → ______________________________

(2) → ______________________________

(3) → ______________________________

(4) → ______________________________

C. → あの 方(かた)は どなたですか。佐藤(さとう)さんです。

(1) → ______________________________

(2) → ______________________________

(3) → ______________________________

(4) → ______________________________

D. → 私(わたし)は　学生(がくせい)です。佐藤(さとう)さんも　学生(がくせい)ですか。

…いいえ、佐藤(さとう)さんは　学生(がくせい)では　ありません。医者(いしゃ)です。

(1) → ______________________________

(2) → ______________________________

(3) → ______________________________

(4) → ______________________________

2

これは　何(なん)ですか。

学習ポイント

1. 事物指示代名詞「これ／それ／あれ／どれ」的用法
2. 指定詞「この／その／あの／どの」的用法
3. 「NのN」中格助詞「の」的用法
4. 文具、生活用品、國籍、人種、語言的相關語彙

語　彙

CD 1-13

1.	これ		【代名詞】	這個(東西)
2.	それ		【代名詞】	那個(東西)
3.	あれ		【代名詞】	那個(東西)
4.	どれ		【代名詞】	哪個(東西)
5.	なん	何	【代名詞】	什麼／何
6.	なに	何	【代名詞】	什麼
7.	アメリカ	America	【名詞】	美國
8.	アメリカじん	America人	【名詞】	美國人
9.	イギリス	葡Inglez	【名詞】	英國
10.	イギリスじん	葡Inglez人	【名詞】	英國人
11.	えいご	英語	【名詞】	英文
12.	おかし	お菓子	【名詞】	糕點
13.	おみやげ	御土産	【名詞】	紀念品／禮物
14.	かさ	傘	【名詞】	傘
15.	かばん		【名詞】	皮包／包包
16.	かんこく	韓国	【名詞】	韓國
17.	かんこくご	韓国語	【名詞】	韓文
18.	かんこくじん	韓国人	【名詞】	韓國人
19.	くるま	車	【名詞】	車子
20.	けしゴム	消しgom(荷)	【名詞】	橡皮擦
21.	しょうせつ	小説	【名詞】	小說
22.	しんぶん	新聞	【名詞】	報紙
23.	たいわん	台湾	【名詞】	台灣
24.	ちゅうごく	中国	【名詞】	中國

25.	ちゅうごくご	中国語	【名詞】	中文
26.	ちゅうごくじん	中国人	【名詞】	中國人
27.	ドイツ	德Deutschand	【名詞】	德國
28.	ドイツご	德Deutschand語	【名詞】	德文
29.	ドイツじん	德Deutschand人	【名詞】	德國人
30.	にほん	日本	【名詞】	日本
31.	にほんご	日本語	【名詞】	日文
32.	にほんじん	日本人	【名詞】	日本人
33.	フランス	France	【名詞】	法國
34.	フランスご	France語	【名詞】	法文
35.	フランスじん	France人	【名詞】	法國人
36.	ボールペン	ball-pen	【名詞】	原子筆
37.	ほん	本	【名詞】	書／書籍
38.	いい	良い；好い	【形容詞】	好的
39.	かわいい	可愛い	【形容詞】	可愛的
40.	この		【連體詞】	這個…
41.	その		【連體詞】	那個…
42.	あの		【連體詞】	那個…
43.	どの		【連體詞】	哪個…

文型

CD 1-14

1. これは　何(なん)ですか。

　……それは　本(ほん)です。

> 1. 這是什麼？
>
> 　……那是書。

2. あれは　日本語(にほんご)の　小説(しょうせつ)ですか、英語(えいご)の　小説(しょうせつ)ですか。

　……あれは　英語(えいご)の　小説(しょうせつ)です。

> 2. 那是日文小說？還是英文小說？
>
> 　……那是英文小說。

3. これは　日本(にほん)の　車(くるま)ですか。

　……はい、そうです。

　……いいえ、そうでは　ありません。

> 3. 這是日本車嗎？
>
> 　……是的，是如此。
>
> 　……不，不是。

4. これは　あなたの　傘(かさ)ですか。

　……はい、私(わたし)のです。

> 4. 這是你的傘嗎？
>
> 　……是的，是我的。

5. この　ボールペンは　誰(だれ)のですか。

……私(わたし)のです。

> 5. 這支原子筆是誰的呢？
>
> ……是我的。

6. あなたの　車(くるま)は　どれですか。

……これです。

> 6. 你的車是哪部？
>
> ……是這部。

7. どれが　中国語(ちゅうごくご)の　新聞(しんぶん)ですか。

……これが　中国語(ちゅうごくご)の　新聞(しんぶん)です。

> 7. 哪一個是中文報紙呢？
>
> ……這個就是中文報紙。

8. どの　かばんが　いいですか。

……この　かばんが　いいです。

> 8. 哪個包包好呢？
>
> ……這個包包好。

会話一

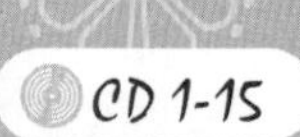

教室で

吉田：これは　おみやげです。どうぞ。

陳　：どうも　ありがとう　ございます。

　　　これは　何ですか。

吉田：それは　日本の　お菓子です。

在教室

吉田：這是紀念品，請笑納。

陳　：謝謝，這是什麼呢？

吉田：那是日本的糕點。

会話二

廊下で

小林、山下、池田：あっ、どうも　すみません。
小林：すみません。この　本は　あなたのですか。
山下：ええ、そうです。ありがとう　ございます。
　　　この　ボールペンは　誰のですか。
池田：私のです。この　消しゴムも　私のです。
小林：この　小説も　あなたのですか。
池田：いいえ、私のでは　ありません。
山下：それは　私のです。

在走廊

小林、山下、池田：啊！對不起。（路上相撞，東西掉落一地。）
小林：對不起，這本書是你的嗎？
山下：是的，謝謝你。這支原子筆是誰的呢？
池田：是我的，這個橡皮擦也是我的。
小林：這本小說也是你的嗎？
池田：不，不是我的。
山下：那是我的。

說　明

1. 事物指示代詞「これ、それ、あれ、どれ」的說明

これ → 距離說話者較近的事物之代名詞，譯爲「這個(東西)」。

それ → 距離說話者較遠的事物之代名詞，譯爲「那個(東西)」。

あれ → 距離說話者及聽話者兩者皆遠之代名詞，譯爲「那個(東西)」。

どれ → 指「哪一個」。

2. 指示詞「この、その、あの、どの」的說明

「この、その、あの、どの」同「これ、それ、あれ、どれ」一樣，也是以距離說話者的遠近來區別之こ、そ、あ、ど系統。

不同的是：「これ、それ、あれ、どれ」是事物指示代名詞，不能指示人，「この、その、あの、どの」是連體詞，後面一定要有名詞，不能單獨存在。而且，不僅可接事物，也可接人。

例

これは　私(わたし)のです。　(○)

この　本(ほん)は　私(わたし)のです。　(○)

これは　林(りん)さんです。　(×)

これは　本(ほん)です。　(○)

この　人(ひと)は　林(りん)さんです。　(○)

3. 格助詞「の」在本課中的用法是表「所屬、所有」之意。

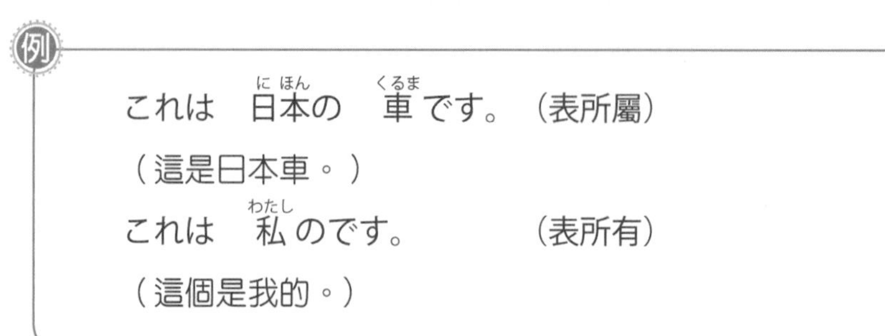

例

これは　日本(にほん)の　車(くるま)です。　(表所屬)

(這是日本車。)

これは　私(わたし)のです。　(表所有)

(這個是我的。)

4. 在國籍、語言、人種上，日文常以國名與接尾「語（ご）」「人（じん）」結合，衍生出造語。

日本（にほん）→日本人（にほんじん）→日本語（にほんご）

但要注意アメリカ、イギリス都是使用〈英語（えいご）〉。

5. 疑問詞「何（なん）」有兩種讀音：①「なん」②「なに」

受語尾所接的發音影響，當碰到舌間音／d／、／n／、／t／等音會造成／ni／的／i／母音脫落，使「なに」變成了「なん」。

「何（なん）」＋／de／→なんで

＋／to／→なんと

＋／no／→なんの

「何（なに）」＋／o／→なにを

＋／ga／→なにが

＋／ni／→なにに

6. N1 はN2 ですか、N3 ですか。（N1 是N2 呢？還是N3 呢？）

這是兩個疑問句合而爲一之表現，由於N1相同，故重點在N2及N3中做選擇。

あれは 日本語（にほんご）の 小說（しょうせつ）ですか、英語（えいご）の 小說（しょうせつ）ですか。

……あれは 英語（えいご）の 小說（しょうせつ）です。

7. 「そう」可代表問句中述語，是一種簡略的問答方法。

これは　日本(にほん)の　車(くるま)ですか。
はい、そうです。（これは　日本(にほん)の　車(くるま)です。）
いいえ、そうでは　ありません。
（これは　日本(にほん)の　車(くるま)では　ありません。）

8. 疑問詞在句首時，為了凸顯問題，助詞用「が」。

例如文型7 及文型8，回答時也用「が」回答。

どれが　中国語(ちゅうごくご)の　新聞(しんぶん)ですか。
……これが　中国語(ちゅうごくご)の　新聞(しんぶん)です。
どの　かばんが　いいですか。
……この　かばんが　いいです。

9. 日文的「すみません」原本是「對不起」之意。但也可當「謝謝」來用。表達一種「麻煩你，不好意思的感謝之意」。

10. 以下將常見國名整理如下：

日本（にほん）	日本
中国（ちゅうごく）	中國
アメリカ	美國
イギリス	英國
フランス	法國
ドイツ	德國
ロシア	俄羅斯
オーストラリア	澳洲
インドネシア	印尼
イタリア	義大利
カナダ	加拿大
タイ	泰國
シンガポール	新加坡
韓国（かんこく）	韓國（南韓）
北朝鮮（きたちょうせん）	北韓

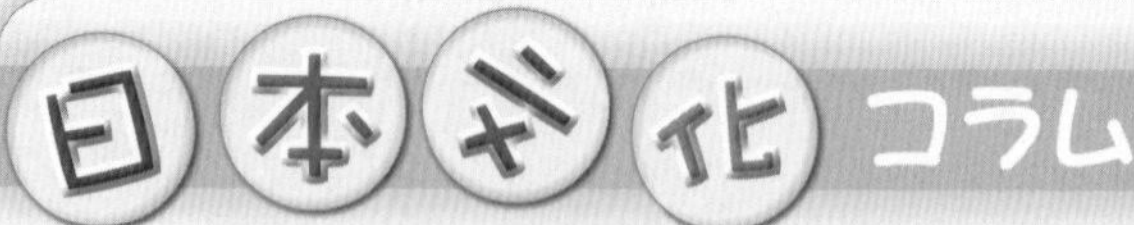

招來好運的幸運物

在此介紹你幾樣日本傳說中能召喚幸福的小東西，所謂愛的護身符（愛のお守り）。擁有它，你可以獲得幸福，如果把它當禮物送人的話，也可以給對方帶來幸福哦！

猿の人形（猴子娃娃）

主要取諧音「不運が去る」，意思是「不幸將離去」之意。因此如果把它帶在身邊，可以讓你破除噩運，化險爲夷。在日本最有代表性的猴子應該就屬日光東照宮的三隻小猴子，一隻用手遮住耳朵，一隻用手遮住嘴巴，一隻用手遮住眼睛，代表非禮勿聽（聞かざる）、非禮勿言（言わざる）、非禮勿視（見ざる）。

五円玉（五元銅板）

把「五円玉」放在錢包裡，會爲你招來財運，取其同音「ご縁＝五円＝ごえん」，意思是「與錢結緣（お金にご縁がありますよう）」之意。

1. 請依例從下方選出正確的漢字，並填入______中。

例　かんこく　→　韓国

(1)　おみやげ　→　______

(2)　しょうせつ　→　______

(3)　かさ　→　______

(4)　くるま　→　______

(5)　ちゅうごくじん　→　______

(6)　えいご　→　______

(7)　ほん　→　______

(8)　にほん　→　______

傘	中国人	車	御土産	韓国
日本	本	小説	英語	

2. 請看圖在 a ~ g 中選出適當的語彙填入（ ）中。

例　❶　❷　❸　❹

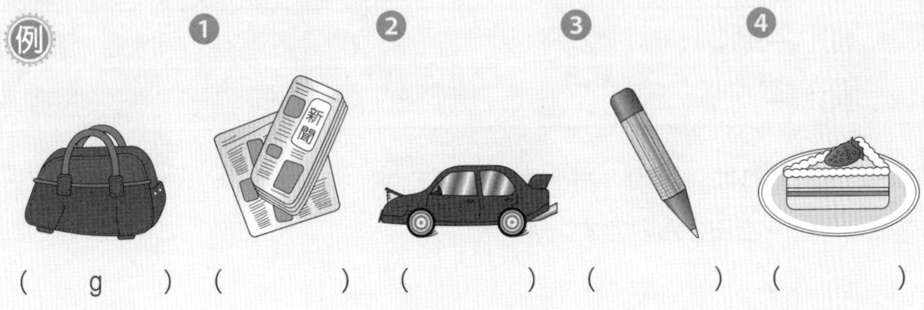

(g) (　　) (　　) (　　) (　　)

a.かさ	b.くるま	c.おかし	d.けしゴム
e.ボールペン	f.しんぶん	g.かばん	

3. 請聽CD，並寫出正確內容。 CD 1-17

(1)________ (2)________ (3)________ (4)________ (5)________

(6)________ (7)________ (8)________ (9)________ (10)________

4. 看圖依例寫出正確的句子。

例	❶	❷	❸	❹
吉田(よしだ)さん	中村(なかむら)さん	林(りん)さん	先生(せんせい)	陳(ちん)さん
（ボールペン）	（雑誌(ざっし)）	（傘(かさ)）	（車(くるま)）	（日本語(にほんご)の本(ほん)）

A. → あれは　何(なん)ですか。

…ボールペンです。

(1) → ____________________

(2) → ____________________

(3) → ____________________

(4) → ____________________

B. → あれは　誰(だれ)の　ボールペンですか。

…吉田(よしだ)さんのです。

(1) → ____________________

(2) → ____________________

(3) → ____________________

(4) → ____________________

C. →　この　ボールペンは　誰(だれ)のですか。

…吉田(よしだ)さんのです。

(1)　→ ______________________

(2)　→ ______________________

(3)　→ ______________________

(4)　→ ______________________

D. →　あれは　ボールペンですか。

…はい、そうです。

→　あれは　お土産(みやげ)ですか。

…いいえ、そうでは　ありません。

(1)　→ ______________________

(2)　→ ______________________

(3)　→ ______________________

(4)　→ ______________________

筆記欄

3

お手洗(てあら)いは　どこですか。

学習ポイント

1. 學習場所指示代名詞「ここ／そこ／あそこ／どこ」
2. 學習方向指示代名詞「こちら／そちら／あちら／どちら」

語彙

CD 1-18

1.	ここ		【代名詞】	這裡
2.	そこ		【代名詞】	那裡
3.	あそこ		【代名詞】	那裡
4.	どこ		【代名詞】	哪裡
5.	こちら		【代名詞】	這邊
6.	そちら		【代名詞】	那邊
7.	あちら		【代名詞】	那邊
8.	どちら		【代名詞】	哪邊
9.	とうきょうしょうじ	東京商事	【名詞】	東京商事（虛擬名稱）
10.	いりぐち	入口	【名詞】	入口
11.	インタビュー	interview	【名詞】	晤談
12.	うけつけ	受付	【名詞】	櫃檯
13.	うりば	売り場	【名詞】	售貨處
14.	えき	駅	【名詞】	車站
15.	おくに	お国	【名詞】	國家
16.	おてあらい（トイレ）	お手洗い	【名詞】	洗手間
17.	かいしゃ	会社	【名詞】	公司
18.	がっこう	学校	【名詞】	學校
19.	きょうしつ	教室	【名詞】	教室
20.	クラスメート	classmate	【名詞】	同學
21.	こくさいぼうえき	国際貿易	【名詞】	國際貿易
22.	じむしつ	事務室	【名詞】	辦公室
23.	しょくどう	食堂	【名詞】	餐廳

24.	スイス	Suisse	【名詞】	瑞士
25.	せんこう	専攻	【名詞】	主修
26.	アジアだいがく	Asia大学	【名詞】	亞西斯大學（虛擬名稱）
27.	ちかてつ	地下鉄	【名詞】	地下鐵
28.	とけい	時計	【名詞】	手錶
29.	としょかん	図書館	【名詞】	圖書館
30.	みち	道	【名詞】	道路
31.	ゆうびんきょく	郵便局	【名詞】	郵局
32.	わかりました	分りました	【動詞】	懂了／了解了
33.	ちょっと		【副詞】	稍微／一點點
34.	どうも		【副詞】	很／非常
35.	あっ		【感嘆詞】	啊
36.	ええと		【感嘆詞】	嗯
37.	あのう　しつれいですが			對不起，請問一下
38.	すみませんが			對不起，請問一下

文型

CD 1-19

1. ここは　教室(きょうしつ)です。

1. 這裡是教室。

2. そこは　食堂(しょくどう)では　ありません。

2. 那裡不是餐廳。

3. あそこは　図書館(としょかん)です。

3. 那裡是圖書館。

4. 郵便局(ゆうびんきょく)は　どこですか。
……郵便局(ゆうびんきょく)は　あそこです。

4. 郵局在哪裡呢？
……郵局在那裡。

5. 伊藤先生(いとうせんせい)の　事務室(じむしつ)は　ここです。

5. 伊藤老師的辦公室在這裡。

6. これは　どこの　時計(とけい)ですか。
……これは　スイスの　時計(とけい)です。

6. 這是哪裡的手錶呢？
……這是瑞士的手錶。

7. こちらは　入口(いりぐち)です。

7. 這邊是入口。

8. そちらは　受付では　ありません。

8. 那邊不是櫃檯。

9. あちらは　売場です。

9. 那邊是售貨處。

10. お手洗いは　どちらですか。
……お手洗いは　そちらです。

10. 洗手間在哪裡呢？
……洗手間在那裡。

11. こちらは　クラスメートの　青木さんです。

11. 這位是我的同學青木先生（小姐）。

12. どちらが　長谷川さんですか。
……こちらが　長谷川さんです。

12. 哪位是長谷川先生呢？
……這位是長谷川先生。

会話一

道(みち)で

岡田(おかだ)：すみませんが、地下鉄(ちかてつ)の　駅(えき)は　どこですか。

村上(むらかみ)：地下鉄(ちかてつ)の　駅(えき)ですね。ええと、あそこです。

岡田(おかだ)：どうも、ありがとう　ございました。

村上(むらかみ)：いいえ、どういたしまして。

道路上

岡田：請問一下地下鐵車站在哪裡呢？

村上：地下鐵車站嗎？嗯……就在那裡。

岡田：謝謝。

村上：不客氣。

インタビュー

坂本（さかもと）：学校（がっこう）は　どちらですか。

藤井（ふじい）：アジア大学（だいがく）です。

坂本（さかもと）：ご専攻（せんこう）は　何（なん）ですか。

藤井（ふじい）：国際貿易（こくさいぼうえき）です。

坂本（さかもと）：そうですか、分（わか）りました。

訪問

坂本：您就讀哪一所學校呢？

藤井：亞洲大學。

坂本：主修什麼科目呢？

藤井：國際貿易。

坂本：這樣子啊……，我知道了。

說 明

1. コ.ソ.ア.ド指示代名詞一覽表

指示代名詞	近稱	中稱	遠稱	不定稱
場所指示代名詞	ここ	そこ	あそこ	どこ
方向指示代名詞	こちら こっち(口語)	そちら そっち(口語)	あちら あっち(口語)	どちら どっち(口語)

➲ 在日語中，包括場所及方向指示代名詞都有近稱、中稱、遠稱之分，但是在中文裡，指示代名詞一般並沒有中稱、遠稱的分別。

2. 在本課中，我們又學到二組代名詞，就是表示場所的指示代名詞「**ここ／そこ／あそこ／どこ**」和表示方向的指示代名詞「**こちら／そちら／あちら／どちら**」，前者在意思上相當於中文的這裡／那裡／哪裡；後者在意思上相當於中文的這邊／那邊／哪邊。

3. 在日常會話中，不管是表示場所或者方向，通常兩者都可以互換使用。只是用表示方向的「**あちら**」顯得比較客氣。

受付(うけつけ)は　あそこです。（櫃檯在那裡），也可以說成
受付(うけつけ)は　あちらです。（櫃檯在那邊）。

4.「ここ／そこ／あそこ／どこ」和「こちら／そちら／あちら／どちら」，除了可以用來表示地點、場所之外，也可以用來表示人物或者事物的存在。

郵便局は　どこ（どちら）ですか。　【地點、場所】

（郵局在哪裡呢？）

郭さんは　どこ（どちら）ですか。　【人物】

（郭先生在哪裡呢？）

日本語の　新聞は　どこ（どちら）ですか。【東西、事物】

（日文報紙在哪裡呢？）

5. 但是，值得注意的是：表示方向的指示代詞「どちら」。如下例1中的句子「学校はどちらですか。」。此時，「どちら」當述語時，有二個意思：一是詢問學校的位置；一是詢問學校的名稱。通常用來詢問學校的名稱的成分居多。此外，也可以用來表示公司或國家的名稱，如下例2、3 所示。

学校は　どちらですか。（你就讀哪一所學校呢？）

……アジア大学です。【學校的名稱】

会社は　どちらですか。（你在哪一所公司上班呢？）

……東京商事です。【公司的名稱】

お国は　どちらですか。（您來自哪個國家呢？）

……台湾です。【國家的名稱】

6. 「**どこ／どちら**」都有「未知」的含意，如果放在句首時，則必須下接助詞「**が**」，構成「**どこが／どちらが**」；「**どこは／どちらは**」是錯誤的。基本上「未知」＋「**が**」，「已知」＋「**は**」，請記住這個原則。

7. 如果你想要詢問哪一位是王老師，則可以像例句一樣，用「**どちら＋が**」來發問。此外用「**が**」來問，回答時也必須用「**が**」來回答。

どちらが　王先生（おうせんせい）ですか。　（哪一位是王老師呢？）
……そちらが　王先生（おうせんせい）です。（那一位就是王老師。）

8. 「**これはどこの時計（とけい）ですか。**」中的「**どこの**」表示手錶的製造產地，有哪邊製造的的意思。

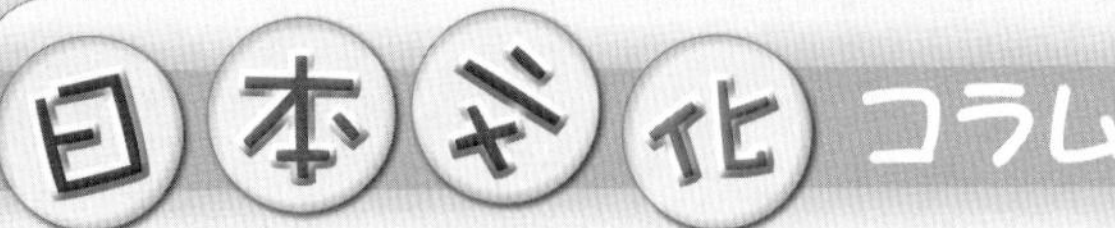

禮儀與隱私之間

日本是個講究禮儀，也是重視對方隱私的民族，一般鄰居之間相遇都會親切地相互打招呼，除了互道：「おはようございます→早安」／「こんにちは→午安」／「こんばんは→晚安」之外，有時看到鄰居整裝待出的模樣時，還會進一步以關心的口吻詢問對方：「どちらへ行きますか→您上哪兒呢？」。這一點和我們的習慣並沒有多大的差別，但是回答方式卻會讓我們出乎意料之外，幾乎是和我們回答方式南轅北轍。通常我們會爲了表示誠意而很誠懇地告訴對方自己外出的目的地，但多數日本人卻會以含蓄的口吻回答：「ええ、ちょっとそこまで。」（我出去一下）。

這種回答方式也許會讓我們覺得對方的回答很敷衍，但這卻是日本人處處爲人設身處地著想的一種表現。因爲日本人深怕過分詳細回答問題，會讓對方因爲出於關心的發問而陷入「過分探人隱私」的窘境。

1. 依例A寫出正確漢字，B寫出正確讀音。

		A	B
例	車站	駅	えき
(1)	櫃檯		
(2)	售貨處		
(3)	餐廳		
(4)	洗手間		
(5)	手錶		
(6)	主修		

2. 用片假名寫出下列各字。

(1) 晤　談＿＿＿＿＿＿＿＿　(2) 洗手間＿＿＿＿＿＿＿＿

(3) 同　學＿＿＿＿＿＿＿＿　(4) 瑞　士＿＿＿＿＿＿＿＿

3. 請聽CD，並寫出正確內容　CD 1-22

(1)＿＿＿＿＿＿　(2)＿＿＿＿＿＿　(3)＿＿＿＿＿＿

(4)＿＿＿＿＿＿　(5)＿＿＿＿＿＿　(6)＿＿＿＿＿＿

(7)＿＿＿＿＿＿

4. 請看圖並依例完成下列句子。

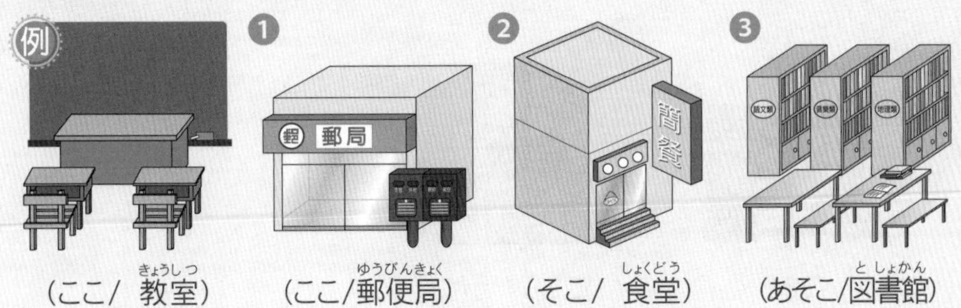

（ここ／ 教室(きょうしつ)）　（ここ／郵便局(ゆうびんきょく)）　（そこ／ 食堂(しょくどう)）　（あそこ／図書館(としょかん)）

A. → 　Q：ここは　どこですか。

　　　 A：ここは　教室(きょうしつ)です。

(1)　Q：＿＿＿＿＿＿＿＿

　　 A：＿＿＿＿＿＿＿＿

(2)　Q：＿＿＿＿＿＿＿＿

　　 A：＿＿＿＿＿＿＿＿

(3)　Q：＿＿＿＿＿＿＿＿

　　 A：＿＿＿＿＿＿＿＿

B. → 　Q：教室(きょうしつ)は　どこですか。

　　　 A：教室(きょうしつ)は　ここです。

(1)　Q：＿＿＿＿＿＿＿＿

　　 A：＿＿＿＿＿＿＿＿

(2)　Q：＿＿＿＿＿＿＿＿

　　 A：＿＿＿＿＿＿＿＿

(3)　Q：＿＿＿＿＿＿＿＿

　　 A：＿＿＿＿＿＿＿＿

5. 請看圖並依例完成下列句子。

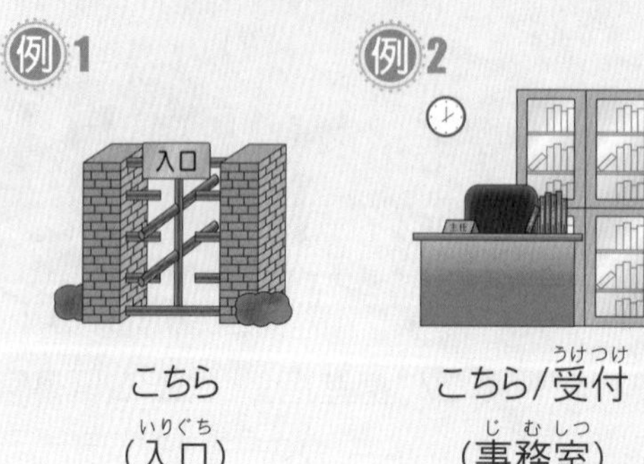

例1 こちら（入口）

例2 こちら/受付（事務室）

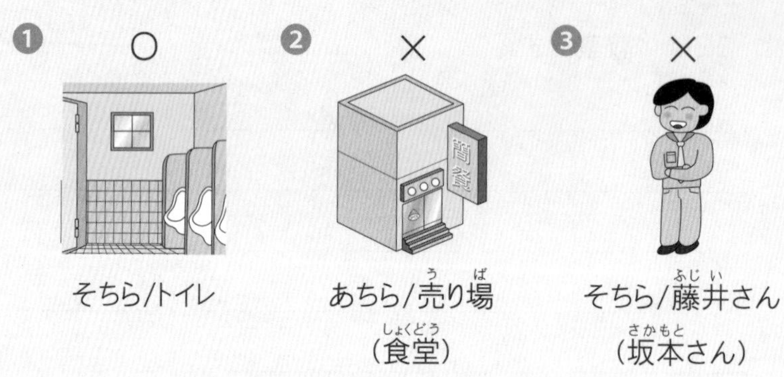

❶ ○ そちら/トイレ

❷ × あちら/売り場（食堂）

❸ × そちら/藤井さん（坂本さん）

例 1　Q：こちらは　入口ですか。

　　　A：はい、入口です。

例 2　Q：こちらは　受付ですか。

　　　A：いいえ、受付では　ありません。事務室です。

(1)　Q：＿＿＿＿＿＿＿＿＿＿

　　A：＿＿＿＿＿＿＿＿＿＿

(2)　Q：＿＿＿＿＿＿＿＿＿＿

　　A：＿＿＿＿＿＿＿＿＿＿

(3)　Q：＿＿＿＿＿＿＿＿＿＿

　　A：＿＿＿＿＿＿＿＿＿＿

4

机の 上に 何が ありますか。

学習ポイント

1. 學習東西事物等無生命的存在
2. 學習人或一般動物等有生命的存在

語彙

CD 1-23

1.	あさひしんぶん	朝日新聞	【名詞】	朝日新聞
2.	いぬ	犬	【名詞】	狗
3.	いま	今	【名詞】	現在
4.	うえ	上	【名詞】	上面
5.	かいぎしつ	会議室	【名詞】	會議室
6.	かちょう	課長	【名詞】	課長
7.	くだもの	果物	【名詞】	水果
8.	くだものや	果物屋	【名詞】	水果店
9.	こうえん	公園	【名詞】	公園
10.	コンビニ	convenience store	【名詞】	便利商店
11.	ざっし	雑誌	【名詞】	雜誌
12.	じしょ	辞書	【名詞】	字典
13.	した	下	【名詞】	下面
14.	すいか	西瓜	【名詞】	西瓜
15.	タイペー	台北	【名詞】	台北
16.	ちかく	近く	【名詞】	附近
17.	つくえ	机	【名詞】	桌子
18.	となり	隣	【名詞】	隔壁
19.	なか	中	【名詞】	裡面
20.	なし	梨	【名詞】	水梨
21.	にわ	庭	【名詞】	庭院
22.	ねこ	猫	【名詞】	小貓
23.	のみもの	飲み物	【名詞】	飲料
24.	マクドナルド	Mcdonald	【名詞】	麥當勞

25. りんご 【名詞】 蘋果
26. れいぞうこ 冷蔵庫 【名詞】 冰箱
27. あります 【動詞】 有／在
28. います 【動詞】 有／在
29. ～など 【助詞】 ～等等

文型

CD 1-24

1. 机の　上に　何が　ありますか。

……（机の　上に）日本語の　辞書が　あります。

> 1. 桌上有什麼東西呢？
>
> ……桌上有日文字典。

2. 教室に　誰が　いますか。

……（教室に）学生が　います。

> 2. 教室裡有誰在呢？
>
> ……教室裡有學生在。

3. 冷蔵庫の　中に　何か　ありますか。

……はい、（冷蔵庫の　中に）果物や　飲み物などが　あります。

……いいえ、（冷蔵庫の　中には）何も　ありません。

> 3. 冰箱裡面有沒有什麼東西呢？
>
> ……有，冰箱裡面有水果飲料等。
>
> ……沒有，冰箱裡面什麼東西也沒有。

4. 部屋の　中に　誰か　いますか。

……はい、こどもが　います。

……いいえ、誰も　いません。

> 4. 房間裡面有沒有人在呢？
>
> ……有，有小孩在。
>
> ……沒有，房間裡面沒有任何人在。

5. 庭(にわ)に　何(なに)か　いますか。

……はい、犬(いぬ)が　います。

……いいえ、何(なに)も　いません。

> 5. 庭院有沒有動物在呢？
>
> ……有，庭院有小狗。
>
> ……沒有，庭院什麼動物也沒有。

6. 学校(がっこう)は　どこに　ありますか。

……学校(がっこう)は　台北(タイペー)に　あります。

> 6. 你的學校在哪裡呢？
>
> ……我的學校在台北。

7. 課長(かちょう)は　どこに　いますか。

……（課長(かちょう)は）今(いま)　会議室(かいぎしつ)に　います。

> 7. 課長人在哪裡呢？
>
> ……課長現在人在會議室。

会話一

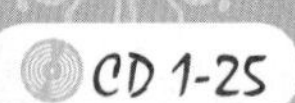

道（みち）で

三浦（みうら）：あの、すみませんが、この近（ちか）くに　コンビニが　ありますか。

原田（はらだ）：ええ、あそこに　マクドナルドが　ありますよね。

　　　コンビニは　その　隣（となり）に　あります。

三浦（みうら）：そうですか、どうも　ありがとう　ございます。

原田（はらだ）：いいえ、どういたしまして。

道路上

三浦：對不起，請問這附近有沒有便利商店呢？

原田：有啊，你看那裡有一間麥當勞，便利商店就在它的隔壁。

三浦：哦，我明白了，謝謝。

原田：不客氣。

会話二

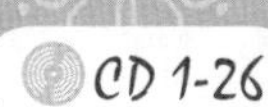

図書館(としょかん)で

竹内(たけうち)：小野(おの)さんは　どこに　いますか。

石田(いしだ)：図書館(としょかん)に　います。

竹内(たけうち)：図書館(としょかん)に　日本語(にほんご)の　新聞(しんぶん)が　ありますか。

石田(いしだ)：ええ、朝日新聞(あさひしんぶん)が　ありますよ。

竹内(たけうち)：日本語(にほんご)の　雑誌(ざっし)も　ありますか。

石田(いしだ)：いいえ、日本語(にほんご)の　雑誌(ざっし)は　ありません。

在圖書館內

竹內：小野先生人在哪裡呢？

石田：他現在在圖書館。

竹內：圖書館有日文報紙嗎？

石田：有，有朝日新聞。

竹內：也有日文雜誌嗎？

石田：不，沒有日文雜誌。

說明

1. 在日文中，「**あります**」和「**います**」都是動詞，兩者都用來表示存在，相當於中文「有、在」的意思。但是在使用上卻不相同，如下例(1)、(2)當中的「**あります**」是用來表示無生命的存在，指物品或場所等；而下例(3)、(4)當中的「**います**」則是用來表示有生命的存在，指人或人以外的動物。

(1) 本(ほん)が　あります。　（有書）

➔【指物品】無生命

(2) 図書館(としょかん)が　あります。　（有圖書館）

➔【指場所】無生命

(3) 学生(がくせい)が　います。　（有學生）

➔【指人】有生命

(4) 猫(ねこ)が　います。　（有貓）

➔【指人以外的動物】有生命

2. 無論是表示無生命存在的「**あります**」或是表示有生命存在的「**います**」，都可分別歸納出以下兩組句型。

(1) 地點／位置に　物品が　あります

→（某處有某物品）

机(つくえ)の　下(した)に　かばんが　あります。（桌子下面有書包。）

学校(がっこう)の　近(ちか)くに　公園(こうえん)が　あります。（學校附近有公園。）

➲ 本句型通常用來說明句首的地點或位置存有某物。「に」是助詞，表示場所，「が」也是助詞，表示事物存在的主體。

(2) 物品／場所は　地點／位置に　あります

→（某物品／場所在某處）

かばんは　机の　下に　あります。（書包在桌子下面。）

公園は　学校の　近くに　あります。（公園在學校附近。）

➲ 本句型通常用來說明句首中已知的特定事物位於某處。「は」是助詞，表示談話的主題，「に」也是助詞，表示場所位置。

(3) 地點／位置に　人／其他動物が　います

→（某處有某人／其他動物）

教室に　学生が　います。（教室裡面有學生。）

庭に　猫が　います。　　　（庭院有小貓。）

➲ 本句型通常用來說明句首的地點或位置存有某人或其他動物。「に」是助詞，表示場所，「が」也是助詞，表示人或其他動物存在的主體。

(4) 人／其他動物は　地點／位置に　います

→（某人／其他動物在某處）

学生は　教室に　います。（學生在教室。）

猫は　庭に　います。　　　（小貓在庭院。）

➲ 本句型通常用來說明句首中已知特定的人或其他動物位於某處。「は」是助詞，表示談話的主題，「に」也是助詞，表示場所位置。

3. 「誰(だれ)かいますか」和「何(なに)かいますか」當中的「か」是助詞，表示「不確定」，通常前接疑問詞構成「誰(だれ)か」，表示不確定的某人，「何(なに)か」表示不確定的某事物，兩句都僅只是問話者用來確認人物或事物是否存在的意思，至於人物的真實身分或事物的真實內容則尚未得知。「誰(だれ)かいますか」相當於中文「有沒有人在呢？」，而「何(なに)かいますか」相當於中文「有沒有什麼東西呢？」的意思。

此外，值得注意的是，一般用「疑問詞＋か」來構成問句時，肯定回答一定要用「はい」，而否定回答一定要用「いいえ」來回應對方。

Q：教室(きょうしつ)に　誰(だれ)か　いますか。（教室裡有沒有人在呢？）
A1：はい、います。（是的，有人在。）
A2：いいえ、誰(だれ)も　いません。（不，沒有任何人在。）

4. 「疑問詞＋も＋否定形」表示全面否定，相當於中文「沒有任何人、事或物」的存在。

誰(だれ)も　いません。（沒有任何人在。）
何(なに)も　ありません。（沒有任何東西。）
何(なに)も　いません。（沒有任何動物。）

5. 「**果物（くだもの）や飲（の）み物（もの）などがあります。**」當中的「**や**」是助詞，表示部分列舉，通常和「**～など**」(～等)相呼應使用，常構成「**AやBやCなどがあります**」的句型，相當於中文「有Ａ有Ｂ 有Ｃ等等」的意思。不過要注意的是，該句型隱含著除了列舉出Ａ和Ｂ和Ｃ之外，還可能存在著有其他Ｄ、Ｅ、Ｆ……之類的東西。

果物屋（くだものや）に　りんごや　梨（なし）や　西瓜（すいか）などが　あります。

（水果店裡有蘋果、水梨、西瓜等等。）

➲ 僅列舉出水果當中的蘋果、水梨、西瓜來敘述，其他暫時不提。

6. 「**日本語（にほんご）の雑誌（ざっし）もありますか**」當中的「**も**」是助詞，表示同類的添加，相當於中文「也」的意思。原則上，用「**も**」來問時，肯定回答也要用「**も**」來回答，而否定回答則要改成「**は**」（表示加強語氣）才行。

Q：会社（かいしゃ）に　英語（えいご）の　新聞（しんぶん）が　あります。

（公司有英文報紙。）

日本語（にほんご）の　新聞（しんぶん）も　ありますか。

（也有日文報紙嗎？）

A1：はい、日本語（にほんご）の　新聞（しんぶん）も　あります。

→（肯定回答）（有，也有日文報紙。）

A2：いいえ、日本語（にほんご）の　新聞（しんぶん）は　ありません。

→（否定回答）（不，沒有日文報紙。）

日本文化コラム

人際互動小撇步

いいえ、どういたしまして。

どうもありがとうございます。

在日本社會裡，人際關係大多建立在彼此互惠尊重，相互關照的架構之中。或許，也因爲有了這層價值觀念，才使得日本社會雖然景氣低迷，但是仍充滿著安和樂利的氣氛。假使，有一天你接受日本友人的招待或者搭乘同事的便車回家時，禮貌上除了當場道謝之外，下次如果再見面時，別忘了再度以誠懇的口吻向對方表示「先日／昨日は本当にどうもありがとうございました。」（謝謝你前幾天／昨天的招待。）（謝謝你前幾天／昨天送我回家。）等之類的謝辭，對方也會因爲你的答謝，日後更願意照顧你。

除此之外，當鄰居或友人送你東西（可能只是一盒巧克力或一顆蘋果）時，禮貌上除了當場直接表示感謝「どうもありがとうございます。」之外，也可以利用讚美東西好吃「あっ、美味しそうですね。」（看起來好好吃。）或者好高興「あっ、嬉しいですね。」（太高興了。）來間接表示感謝，如此一來，不但不會有拿人的東西手短之感，甚至還可以建立彼此之間的友誼。

1. 依例 A 寫出正確漢字，B 寫出正確讀音。

		A	B
例	水果	果物	くだもの
(1)	字典	________	________
(2)	附近	________	________
(3)	隔壁	________	________
(4)	飲料	________	________
(5)	冰箱	________	________

2. 用片假名寫出下列各字。

(1) 便利商店________　(2) 麥當勞________

3. 請聽CD，並寫出正確內容　CD 1-27

(1)________　(2)________　(3)________

(4)________　(5)________　(6)________

(7)________　(8)________

4. 請看圖並依例完成下列句子。

例1 (机の上/辞書)　例2 (教室/学生)　❶ (冷蔵庫/飲み物)　❷ (部屋/母)　❸ (庭/犬)

例 1　Q：机の　上に　何が　ありますか。

A：辞書が　あります。

例 2　Q：教室に　誰が　いますか。

A：学生が　います。

(1)　Q：

A：

(2)　Q：

A：

(3)　Q：

A：

5. 請看圖並依例完成下列句子。

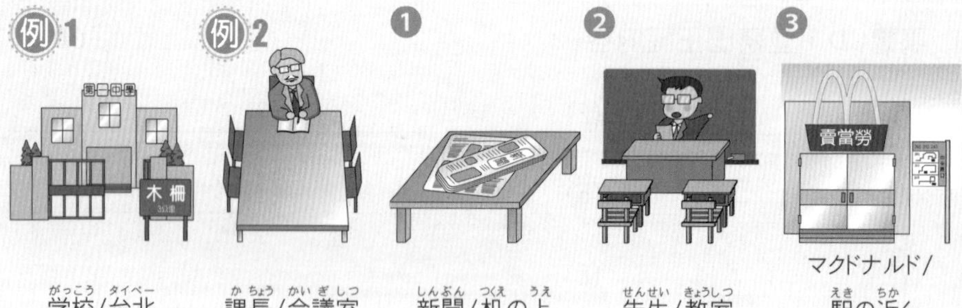

学校/台北　課長/会議室　新聞/机の上　先生/教室　マクドナルド/駅の近く

例 1　Q：学校は　どこに　ありますか。

A：台北に　あります。

例 2　Q：課長は　どこに　いますか。

A：会議室に　います。

(1)　Q：

A：

(2)　Q：

A：

(3)　Q：

A：

5

事務室(じむしつ)に　机(つくえ)が　五(いつ)つ　あります。

学習ポイント

1. 數字的算法
2. 金錢的計算
3. 物品的計量單位
4. 動物的計量單位

語彙

CD 1-28

1.	ひとつ	一つ	【名詞】	一／一個／一歲
2.	ふたつ	二つ	【名詞】	二／二個／二歲
3.	みっつ	三つ	【名詞】	三／三個／三歲
4.	よっつ	四つ	【名詞】	四／四個／四歲
5.	いつつ	五つ	【名詞】	五／五個／五歲
6.	むっつ	六つ	【名詞】	六／六個／六歲
7.	ななつ	七つ	【名詞】	七／七個／七歲
8.	やっつ	八つ	【名詞】	八／八個／八歲
9.	ここのつ	九つ	【名詞】	九／九個／九歲
10.	とお	十	【名詞】	十／十個／十歲
11.	いくつ		【名詞】	幾個／幾歲
12.	いくら		【名詞】	多少錢
13.	えんぴつ	鉛筆	【名詞】	鉛筆
14.	かがみ	鏡	【名詞】	鏡子
15.	カメラ	camera	【名詞】	照相機
16.	クーラー	cooler	【名詞】	冷氣機
17.	コーヒー	coffee	【名詞】	咖啡
18.	さかな	魚	【名詞】	魚
19.	しゃいん	社員	【名詞】	職員
20.	しゅうせいペン	修正pen	【名詞】	修正筆
21.	せんぷうき	扇風機	【名詞】	電風扇
22.	でんわばんごう	電話番号	【名詞】	電話號碼
23.	とり	鳥	【名詞】	鳥
24.	ナイフ	knife	【名詞】	刀片

25.	なんばん	何番	【名詞】	幾號
26.	ノート	note	【名詞】	筆記本
27.	ぶんぼうぐ	文房具	【名詞】	文具
28.	ペット	pet	【名詞】	寵物
29.	たくさん	沢山	【副詞】	很多
30.	みんなで	皆で	【副詞】	全部／總共

計量單位

CD 1-29

1.	～ にん	～ 人	～ 人
2.	～ えん	～ 円	～ 日圓
3.	～ だい	～ 台	～ 台／輛／架
4.	～ まい	～ 枚	～ 枚／張
5.	～ さつ	～ 冊	～ 冊／本
6.	～ そく／ぞく	～ 足	～ 雙
7.	～ ほん／ぼん／ぽん	～ 本	～ 支／根／條／瓶
8.	～ はい／ばい／ぱい	～ 杯	～ 杯／碗
9.	～ ひき／びき／ぴき	～ 匹	～ 匹／隻
10.	～ とう	～ 頭	～ 頭
11.	～ わ／ば／ぱ	～ 羽	～ 隻

文　型

CD 1-30

1. 事務室(じむしつ)に　机(つくえ)が　いくつ　ありますか。

……五(いつ)つ　あります。

> 1. 辦公室裡有幾張桌子？
>
> ……有五張。

2. 教室(きょうしつ)に　学生(がくせい)が　何人(なんにん)　いますか。

……二人(ふたり)　います。

> 2. 教室裡有幾位學生？
>
> ……有兩位。

3. 庭(にわ)に　犬(いぬ)が　一匹(いっぴき)と　猫(ねこ)が　三匹(さんびき)　います。みんなで　何匹(なんびき)ですか。

……みんなで　四匹(よんひき)です。

> 3. 院子裡有一隻狗跟三隻貓。總共有幾隻？
>
> ……總共四隻。

4. ノートを　一冊(いっさつ)と、鉛筆(えんぴつ)を　二本(にほん)　下(くだ)さい。

……はい、みんなで　百七十円(ひゃくななじゅうえん)です。

> 4. 請給我一本筆記跟二枝鉛筆。
>
> ……好的。總共１７０圓。

5. 電話番号(でんわばんごう)は　何番(なんばん)ですか。

……２６５８－５８０１(にろくごはち の ごはちまるいち)です。

> 5. 電話號碼幾號？
>
> ……２６５８-５８０１。

会話一

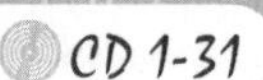

会社で

森田：会社に　社員が　何人　いますか。

酒井：七人　います。

森田：事務室に　机が　いくつ　ありますか。

酒井：五つ　あります。

森田：クーラーが　ありますか。

酒井：いいえ、ありません。扇風機が　二台　あります。

森田：電話番号は　何番ですか。

酒井：2658－5801です。

在公司

森田：公司有幾位職員？

酒井：有七位。

森田：辦公室有幾張桌子？

酒井：有五張。

森田：有冷氣機嗎？

酒井：沒有。有兩台電風扇。

森田：電話號碼幾號？

酒井：2658－5801

会話二

庭（にわ）で

丸山（まるやま）：庭（にわ）に　ペットが　たくさん　いますね。

工藤（くどう）：そうですね。犬（いぬ）も　猫（ねこ）も　鳥（とり）も　います。

丸山（まるやま）：犬（いぬ）が　一匹（いっぴき）と、猫（ねこ）が　三匹（さんびき）　います。

工藤（くどう）：みんなで　何匹（なんびき）ですか。

丸山（まるやま）：えっと、一匹（いっぴき）、二匹（にひき）、三匹（さんびき）、四匹（よんひき）、みんなで　四匹（よんひき）です。

工藤（くどう）：鳥（とり）が　何羽（なんば）　いますか。

丸山（まるやま）：ええと、一羽（いちわ）、二羽（にわ）、三羽（さんば）……

工藤（くどう）：みんなで　六羽（ろっぱ）ですね。

在院子

丸山：院子裡有好多寵物喔。

工藤：對啊！有狗有貓也有小鳥。

丸山：一隻狗跟三隻貓。

工藤：總共幾隻？

丸山：嗯……一隻兩隻三隻四隻，總共四隻。

工藤：有幾隻小鳥？

丸山：嗯……一隻兩隻三隻……

工藤：總共六隻喔。

読み物一

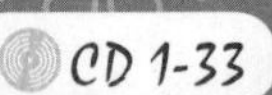

机(つくえ)の　上(うえ)に　文房具(ぶんぼうぐ)が　たくさん　あります。消(け)しゴムは　一(ひと)つ二十円(にじゅうえん)です。鉛筆(えんぴつ)は　一本(いっぽん)　五十円(ごじゅうえん)です。ナイフは　一本(いっぽん)　六十円(ろくじゅうえん)です。ノートは　一冊(いっさつ)　七十円(ななじゅうえん)です。修正(しゅうせい)ペンは　一本(いっぽん)　八十円(はちじゅうえん)です。鏡(かがみ)は　一枚(いちまい)　百三十円(ひゃくさんじゅうえん)です。みんなで　いくらですか。

桌上有很多文具。橡皮擦一塊二十圓。鉛筆一枝五十圓。刀片一把六十圓。筆記一本七十圓。修正筆一枝八十圓。鏡子一面一百三十圓。總共多少錢？

読み物二

庭の　中に　ペットが　たくさんいます。犬が　七匹　います。猫が　八匹　います。鳥が　十羽　います。犬は　一匹　一万三千円です。猫は　一匹　八千六百円です。鳥は　一羽　三百四十円です。みんなで　いくらですか。

院子裡有很多寵物。有七隻狗。有八隻貓。有十隻小鳥。狗一隻一萬三千圓。貓一隻八千六百圓。小鳥一隻三百四十圓。總共多少錢？

說明

本單元學習數字、金錢與計量單位。

1. 數字的算法，有中國式的「漢算」跟日本式的「和算」兩種，跟「英算」對照如下表:

數字的算法		
漢算	和算	英算
一(いち)	一(ひと)つ	one
二(に)	二(ふた)つ	two
三(さん)	三(みっ)つ	three
四(し)／四(よん)	四(よっ)つ	four
五(ご)	五(いつ)つ	five
六(ろく)	六(むっ)つ	six
七(しち)／七(なな)	七(なな)つ	seven
八(はち)	八(やっ)つ	eight
九(く)／九(きゅう)	九(ここの)つ	nine
十(じゅう)	十(とお)	ten

➲ 四通常唸「よん」，但四月份唸「四月(しがつ)」。七通常唸「なな」。
九通常唸「きゅう」，但九點鐘唸「九時(くじ)」，九月份唸「九月(くがつ)」。

2.「和算」的用途較廣，「ひとつ／ふたつ」除了用來算東西（一個／二個）、水果（一顆／二顆）之外，也可以算年齡（一／二）。

十以上的數字皆用「漢算」，整理如下表：

じゅういち 十一	じゅう 十	ひゃく 百	せん 千	いちまん 一万	いちおく 一億
じゅうに 十二	にじゅう 二十	にひゃく 二百	にせん 二千	にまん 二万	におく 二億
じゅうさん 十三	さんじゅう 三十	さんびゃく 三百	さんぜん 三千	さんまん 三万	さんおく 三億
じゅうよん 十四	よんじゅう 四十	よんひゃく 四百	よんせん 四千	よんまん 四万	よんおく 四億
じゅうご 十五	ごじゅう 五十	ごひゃく 五百	ごせん 五千	ごまん 五万	ごおく 五億
じゅうろく 十六	ろくじゅう 六十	ろっぴゃく 六百	ろくせん 六千	ろくまん 六万	ろくおく 六億
じゅうなな 十七	ななじゅう 七十	ななひゃく 七百	ななせん 七千	ななまん 七万	ななおく 七億
じゅうはち 十八	はちじゅう 八十	はっぴゃく 八百	はっせん 八千	はちまん 八万	はちおく 八億
じゅうきゅう 十九	きゅうじゅう 九十	きゅうひゃく 九百	きゅうせん 九千	きゅうまん 九万	きゅうおく 九億
にじゅう 二十	ひゃく 百	せん 千	まん 万	じゅうまん 十万	じゅうおく 十億
	なんじゅう 何十	なんびゃく 何百	なんぜん 何千	なんまん 何万	なんおく 何億

➲ 七（なな／しち），但以「なな」較常用。

3. 人數的算法除了「ひとり／ふたり」還保留「和算」外，「三人」以上皆以「漢算」計數。整理如下：

ひとり 一人	ふたり 二人	さんにん 三人	よにん 四人	ごにん 五人
ろくにん 六人	ななにん 七人	はちにん 八人	きゅうにん 九人	じゅうにん 十人
何人（なんにん） 用例（ようれい）：ご家族（かぞく）は 何人家族（なんにんかぞく）ですか。				

➲ 九人（きゅうにん）也可以唸「くにん」

4. 年齡的算法除了一歲到十歲可用「ひとつ～とお」來計算之外，一般以「才／歳」計數。

いっさい 一才	にさい 二才	さんさい 三才	よんさい 四才	ごさい 五才
ろっさい 六才	ななさい 七才	はっさい 八才	きゅうさい 九才	じゅっさい 十才
なんさい 何才／おいくつ　ようれい 用例：ことし 今年は　なんさい 何才ですか。				

5. 日幣的單位為「円（えん）」，除了疑問詞「多少錢？」可用「いくら」，皆以「漢算」計數。

いちえん 一円	にえん 二円	さんえん 三円	よんえん 四円	ごえん 五円
ろくえん 六円	ななえん 七円	はちえん 八円	きゅうえん 九円	じゅうえん 十円
なんえん 何円／いくら　ようれい 用例：みんなで　いくらですか。				

6. 電器／機器等物品用「台（だい）」來計數。

例如：カメラ（相機）／テレビ（電視）／ビデオ（錄放影機）／クーラー（冷氣機）／コンピューター（電腦）／車[くるま]（汽車）／飛行機[ひこうき]（飛機）……等等。

いちだい 一台	にだい 二台	さんだい 三台	よんだい 四台	ごだい 五台
ろくだい 六台	ななだい 七台	はちだい 八台	きゅうだい 九台	じゅうだい 十台
なんだい 何台　ようれい 用例：クーラーが　なんだい 何台　ありますか。				

7. 細細薄薄的東西（枚、張、件、片）等物品用「**枚（まい）**」來計數。

例如：紙（紙張）／写真（相片）／切手（郵票）／鏡（鏡子）／シャツ（襯衫）／スカート（裙子）／下着（內衣／內褲）……等等。

一枚（いちまい）	二枚（にまい）	三枚（さんまい）	四枚（よんまい）	五枚（ごまい）
六枚（ろくまい）	七枚（ななまい）	八枚（はちまい）	九枚（きゅうまい）	十枚（じゅうまい）
何枚（なんまい）　用例：写真が　何枚　ありますか				

8. 書籍／雜誌（本、冊、卷）等物品用「**冊（さつ）**」來計數。

例如：本（書）／ノート（筆記本）／雑誌（雜誌）／辞書（字典）／漫画（漫畫）……等等。

一冊（いっさつ）	二冊（にさつ）	三冊（さんさつ）	四冊（よんさつ）	五冊（ごさつ）
六冊（ろくさつ）	七冊（ななさつ）	八冊（はっさつ）	九冊（きゅうさつ）	十冊（じゅっさつ）
何冊（なんさつ）　用例：辞書が　何冊　ありますか。				

9. 穿在腳上的鞋襪(雙)，用「**足（そく・ぞく）**」來計數。

例如：靴（鞋子）／靴下（襪子）／下駄（木屐）／スリッパ（拖鞋）……等等。

一足（いっそく）	二足（にそく）	三足（さんぞく）	四足（よんそく）	五足（ごそく）
六足（ろくそく）	七足（ななそく）	八足（はっそく）	九足（きゅうそく）	十足（じゅっそく）
何足（なんぞく）　用例：靴が　何足　ありますか				

10. 細細長長的東西（支、根、條、瓶），用「**本(ほん・ぼん・ぽん)**」來計數。

例如：ペン（筆）／バナナ（香蕉）／ネクタイ（領帶）／ビール（啤酒）／傘(かさ)（傘）／鋏(はさみ)（剪刀）……等等。

一本(いっぽん)	二本(にほん)	三本(さんぼん)	四本(よんほん)	五本(ごほん)
六本(ろっぽん)	七本(ななほん)	八本(はっぽん)	九本(きゅうほん)	十本(じゅっぽん)
何本(なんぼん)　用例(ようれい)：鉛筆(えんぴつ)が　何本(なんぼん)　ありますか				

11. 裝在容器裡的飲料或食物（杯、盤、碗），用「**杯(はい・ばい・ぱい)**」來計數。

例如：コーヒー（咖啡）／ジュース（果汁）／お茶(ちゃ)（茶）／紅茶(こうちゃ)（紅茶）／ご飯(はん)（飯）……等等。

一杯(いっぱい)	二杯(にはい)	三杯(さんばい)	四杯(よんはい)	五杯(ごはい)
六杯(ろっぱい)	七杯(ななはい)	八杯(はっぱい)	九杯(きゅうはい)	十杯(じゅっぱい)
何杯(なんばい)　用例(ようれい)：コーヒーが　何杯(なんばい)　ありますか				

12. 小型動物、昆蟲及魚類（頭、隻、匹、條），用「**匹(ひき・びき・ぴき)**」來計數。

例如：猫(ねこ)（貓）／犬(いぬ)（狗）／虫(むし)（蟲）／魚(さかな)（魚）……等等。

一匹(いっぴき)	二匹(にひき)	三匹(さんびき)	四匹(よんひき)	五匹(ごひき)
六匹(ろっぴき)	七匹(ななひき)	八匹(はっぴき)	九匹(きゅうひき)	十匹(じゅっぴき)
何匹(なんびき)　用例(ようれい)：猫(ねこ)が　何匹(なんびき)　いますか				

13. 大型動物（頭、隻、匹），用「頭（とう）」來計數。

例如：牛(うし)（牛）／馬(うま)（馬）／象(ぞう)（象）／鯨(くじら)（鯨）……等等。

一頭(いっとう)	二頭(にとう)	三頭(さんとう)	四頭(よんとう)	五頭(ごとう)
六頭(ろっとう)	七頭(ななとう)	八頭(はっとう)	九頭(きゅうとう)	十頭(じゅっとう)
何頭(なんとう)　用例(ようれい)：牛(うし)が 何頭(なんとう) いますか				

14. 長羽毛的鳥類（隻），用「羽（わ・ば・ぱ）」來計數。

例如：鳥(とり)（鳥）／鶏(にわとり)（雞）／雀(すずめ)（麻雀）／兎(うさぎ)（兔子）……等等。

一羽(いちわ)	二羽(にわ)	三羽(さんば)	四羽(よんわ)	五羽(ごわ)
六羽(ろっぱ)	七羽(ななわ)	八羽(はちわ)	九羽(きゅうわ)	十羽(じゅっぱ)
何羽(なんば)　用例(ようれい)：鳥(とり)が 何羽(なんば) いますか				

15. 「數量詞」直接放在「動詞」前面，表示某物有某數量的句型如下。「無情物」是指沒有生命的物品。

<無情物> が<數量詞> あります。

(1) 机（つくえ）が　いくつ　ありますか。	（有幾張桌子？）
……五（いつ）つ　あります。	（有五張。）
(2) 切手（きって）が　何枚（なんまい）　ありますか。	（有幾張郵票？）
……二枚（にまい）　あります。	（有兩張。）
(3) ノートが　何冊（なんさつ）　ありますか。	（有幾本筆記？）
……三冊（さんさつ）　あります。	（有三本。）
(4) テレビが　何台（なんだい）　ありますか。	（有幾台電視？）
……四台（よんだい）　あります。	（有四台。）
(5) 靴（くつ）が　何足（なんぞく）　ありますか。	（有幾雙鞋子？）
……五足（ごそく）　あります。	（有五雙。）
(6) バナナが　何本（なんぼん）　ありますか。	（有幾根香蕉？）
……六本（ろっぽん）　あります。	（有六根。）
(7) コーヒーが　何杯（なんばい）　ありますか。	（有幾杯咖啡？）
……七杯（ななはい）　あります。	（有七杯。）

16.「人」跟「動物」屬「有情物」，句型如下：

<有情物> が<數量詞> います。

(1) 学生(がくせい)が 何人(なんにん) いますか。（有幾位學生？）
……二人(ふたり) います。（有兩位。）

(2) 猫(ねこ)が 何匹(なんびき) いますか。（有幾隻貓？）
……三匹(さんびき) います。（有三隻。）

(3) 牛(うし)が 何頭(なんとう) いますか。（有頭牛？）
……四頭(よんとう) います。（有四頭。）

(4) 鳥(とり)が 何羽(なんば) いますか。（有幾隻鳥？）
……五羽(ごわ) います。（有五隻。）

(5) 魚(さかな)が 何匹(なんびき) いますか。（有幾條魚？）
……六匹(ろっぴき) います。（有六條。）

17. 請對方給「某物某數量」時，句型如下：

<物> を<數量詞> 下さい。

(1) りんごを 一(ひと)つ 下(くだ)さい。（請給我一顆蘋果。）

(2) 切手(きって)を 二枚(にまい) 下(くだ)さい。（請給我兩張郵票。）

(3) 雑誌(ざっし)を 三冊(さんさつ) 下(くだ)さい。（請給我三本雜誌。）

(4) カメラを 一台(いちだい) 下(くだ)さい。（請給我一台相機。）

(5) 紅茶(こうちゃ)を 二杯(にはい) 下(くだ)さい。（請給我兩杯紅茶。）

(6) 魚(さかな)を 三匹(さんびき) 下(くだ)さい。（請給我三條魚。）

(7) 鳥(とり)を 二羽(にわ) 下(くだ)さい。（請給我兩隻小鳥。）

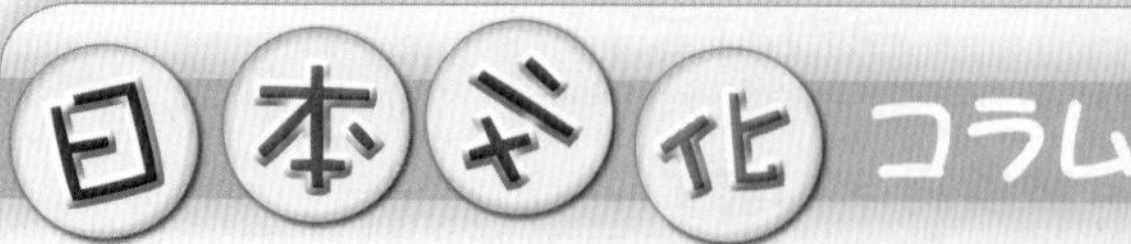

日本人的姓氏

中國大陸十三億的人口，姓氏約4700個。南韓四千七百萬人口，也只有500個姓。日本約一億三千萬人口，姓氏卻超過12萬個，是世界上姓氏最多的國家。

在明治維新以前，日本只有貴族、豪門、武士才有姓，一般庶民則是有名無姓。明治初年，爲了編造户籍，課稅徵役，民眾開始取姓，於是，地名、身世、家系、職業、住所、乃至動植物名稱都成了選姓的依據。如田中、三木、佐佐木等是以地名爲姓；山上、松岡是以住所爲姓。1898 年制定户籍法之後，每户的姓才固定下來，不得任意更改；並以子從父姓、妻隨夫姓、世代相傳爲原則。

日本姓氏排行榜前二十名如下：

①佐藤（さとう）	②鈴木（すずき）	③高橋（たかはし）	④田中（たなか）	⑤渡辺（わたなべ）
⑥伊藤（いとう）	⑦山本（やまもと）	⑧中村（なかむら）	⑨小林（こばやし）	⑩加藤（かとう）
⑪吉田（よしだ）	⑫山田（やまだ）	⑬佐々木（ささき）	⑭山口（やまぐち）	⑮松本（まつもと）
⑯井上（いのうえ）	⑰斉藤（さいとう）	⑱木村（きむら）	⑲林（はやし）	⑳清水（しみず）

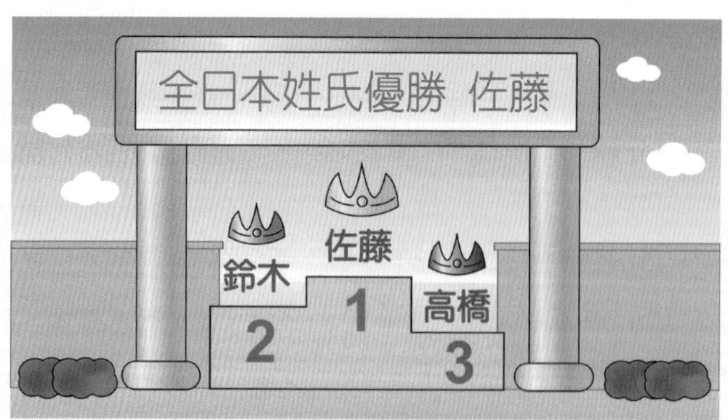

練習

1. 請選出正確的漢字。

(1) ＿＿いぬ　①牛　②馬　③犬　④猫

(2) ＿＿とり　①虎　②鳥　③雀　④亀

(3) ＿＿うえ　①上　②下　③左　④右

(4) ＿＿さかな　①魚　②肉　③野菜　④果物

(5) ＿＿かがみ　①鉛筆　②万年筆　③紙　④鏡

(6) ＿＿つくえ　①椅子　②机　③車　④冷蔵庫

(7) ＿＿しゃいん　①会社　②工場　③写真　④社員

(8) ＿＿じむしつ　①教室　②教員　③事務室　④事務員

(9) ＿＿きょうしつ　①教室　②教会　③読書室　④閲覧室

(10) ＿＿せんぷうき　①飛行機　②扇風機　③複写機　④電話機

2. 請選出正確的用法。

(1) ＿＿いぬが　（①なんぼん　②なんびき　③なんまい　④なんば）　いますか。

(2) ＿＿えんぴつが　（①なんさい　②なんだい　③なんぼん　④なんえん）　ありますか。

(3) ＿＿とりが　（①なんぞく　②なんばい　③なんとう　④なんば）　いますか。

(4) ＿＿うしが　（①なんびき　②なんば　③なんだい　④なんとう）　いますか。

(5) ＿＿くつが　（①なんぞく　②なんさつ　③なんぼん　④なんとう）　ありますか。

(6) ＿＿カメラが　（①なんだい　②なんにん　③なんまい　④なんさい）　ありますか。

(7) ＿＿ノートが　（①なんだい　②なんさつ　③なんびき　④なんとう）　ありますか。

練習

(8) ＿＿コーヒーが　(①なんば　②なんぼん　③なんばい　④なんとう)　ありますか。

(9) ＿＿がくせいが　(①なんば　②なんえん　③なんさい　④なんにん)　いますか。

(10) ＿＿あなたは　(①なんぼん　②なんさい　③なんえん　④なんにん)　ですか。

3. 請將下列單字翻譯成中文。

(1) ノート　(　　)

(2) ナイフ　(　　)

(3) カメラ　(　　)

(4) コーヒー　(　　)

(5) クーラー　(　　)

(6) けしゴム　(　　)

(7) しゅうせいペン　(　　)

(8) ぶんぼうぐ　(　　)

(9) せんぷうき　(　　)

(10) でんわばんごう　(　　)

4. 請將下列句子翻譯成中文。

(1) つくえが　いくつ　ありますか。

→ ＿＿＿＿＿＿＿＿＿＿

(2) しゃいんが　なんにん　いますか。

→ ＿＿＿＿＿＿＿＿＿＿

(3) えんぴつが　なんぼん　ありますか。

→ ＿＿＿＿＿＿＿＿＿＿

(4) ねこが　なんびき　いますか。

→ ______________________________

(5) クーラーが　なんだい　ありますか。

→ ______________________________

(6) みんなで　いくらですか。

→ ______________________________

(7) でんわばんごうは　なんばんですか。

→ ______________________________

(8) りんごを　ひとつ　ください。

→ ______________________________

(9) カメラを　いちだい　ください。

→ ______________________________

(10) きってを　いちまい　ください。

→ ______________________________

筆記欄

6

今日（きょう）は　涼（すず）しいですね。

学習ポイント

1. 「形容詞」肯定與否定的表達
2. 「形容詞」修飾名詞的表達
3. 「形容動詞」肯定與否定的表達
4. 「形容動詞」修飾名詞的表達

語彙

CD 1-35

1.	はる	春	【名詞】	春天
2.	なつ	夏	【名詞】	夏天
3.	あき	秋	【名詞】	秋天
4.	ふゆ	冬	【名詞】	冬天
5.	だんせい	男性	【名詞】	男性
6.	じょせい	女性	【名詞】	女性
7.	せんぱい	先輩	【名詞】	前輩／學長（姊）
8.	こうはい	後輩	【名詞】	後輩／學弟（妹）
9.	りょうり	料理	【名詞】	料理／烹飪
10.	あじ	味	【名詞】	味道
11.	かき	柿	【名詞】	柿子
12.	みかん	蜜柑	【名詞】	橘子
13.	もみじ	紅葉	【名詞】	楓葉
14.	あたたかい	暖かい	【形容詞】	溫暖的
15.	あつい	暑い	【形容詞】	熱的
16.	すずしい	涼しい	【形容詞】	涼爽的
17.	さむい	寒い	【形容詞】	寒冷的
18.	しろい	白い	【形容詞】	白的
19.	くろい	黒い	【形容詞】	黑的
20.	あかい	赤い	【形容詞】	紅的
21.	あおい	青い	【形容詞】	青的／藍的
22.	きいろい	黄色い	【形容詞】	黃的
23.	すっぱい	酸っぱい	【形容詞】	酸的
24.	あまい	甘い	【形容詞】	甜的

25.	にがい	苦い	【形容詞】	苦的
26.	からい	辛い	【形容詞】	辣的
27.	しおからい	塩辛い	【形容詞】	鹹的
28.	おいしい	美味しい	【形容詞】	好吃的
29.	やすい	安い	【形容詞】	便宜的
30.	たかい	高い	【形容詞】	貴的／高的
31.	ひくい	低い	【形容詞】	矮的
32.	やさしい	優しい	【形容詞】	溫柔的
33.	よい	良い	【形容詞】	好的
34.	わるい	悪い	【形容詞】	壞的
35.	おおきい	大きい	【形容詞】	大的
36.	ちいさい	小さい	【形容詞】	小的
37.	さびしい	寂しい	【形容詞】	寂寞的／蕭條的
38.	ハンサム	handsome	【形容動詞】	英俊的
39.	しんせつ	親切(だ)	【形容動詞】	親切的
40.	きれい	綺麗(だ)	【形容動詞】	漂亮
41.	げんき	元気(だ)	【形容動詞】	精神／健康
42.	すてき	素敵(だ)	【形容動詞】	很棒
43.	たいへん	大変	【副詞】	非常
44.	とくに	特に	【副詞】	特別
45.	とても		【副詞】	非常／十分
46.	あまり		【副詞】	不太
47.	もう		【副詞】	已經…

文型

CD 1-36

1. 今日(きょう)は　涼(すず)しいですね。
……そうですね。もう　秋(あき)ですからね。

> 1. 今天好涼爽喔！
> ……對啊！因為已經秋天了喔。

2. 彼(かれ)は　背(せ)が　高(たか)いですか。
……いいえ、あまり　高(たか)く　ないです。ちょっと　低(ひく)いです。
でも、優(やさ)しい　方(かた)です。

> 2. 他長得很高嗎？
> ……不，不怎麼高。有點兒矮。
> 可是，是個溫柔的人。

3. 彼女(かのじょ)は　綺麗(きれい)ですか。
……はい、とても　綺麗(きれい)な　方(かた)です。
でも、あまり　親切(しんせつ)では　ありません。

> 3. 她漂亮嗎？
> ……是的，是非常漂亮的人。
> 可是，不怎麼親切。

4. 台湾料理(たいわんりょうり)は　どうですか。
……美味(おい)しいです。そして、とても　安(やす)いです。

> 4. 台灣菜好吃嗎？
> ……好吃！而且，很便宜。

5. あなたの　かばんは　どれですか。
……あの　黒(くろ)い　かばんです。

5. 你的皮包是哪個？
……那個黑色的皮包。

会話一

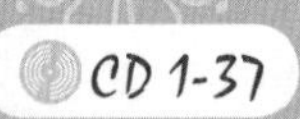

果物屋で

武田：今日は　涼しいですね。
藤本：そうですね。もう　秋ですからね。
武田：秋の　果物は　美味しいです。
藤本：ええ、特に　柿は　美味しいですよ。そして、安いです。
武田：蜜柑は　どうですか。
藤本：蜜柑も　安いです。でも、ちょっと　酸っぱいです。
武田：梨は　どうですか。
藤本：大きいです。そして、甘いです

在水果店

武田：今天好涼爽喔！
藤本：對啊！因為已經是秋天了。
武田：秋天的水果很好吃喔！
藤本：是啊！特別是柿子很好吃喲。而且很便宜。
武田：橘子呢？
藤本：橘子也很便宜。可是，有點兒酸。
武田：梨子呢？
藤本：很大又很甜。

会話二

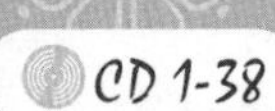
CD 1-38

学校(がっこう)で

上野(うえの)：ハンサムな　方(かた)ですね。
杉山(すぎやま)：彼(かれ)ですか。私(わたし)の　先輩(せんぱい)ですよ。
上野(うえの)：どんな　方(かた)ですか。
杉山(すぎやま)：あまり　高(たか)くないです。でも、素敵(すてき)な　方(かた)です。
上野(うえの)：いい　方(かた)ですね。
杉山(すぎやま)：彼女(かのじょ)ですか。私(わたし)の　後輩(こうはい)ですよ。
上野(うえの)：どんな　方(かた)ですか。
杉山(すぎやま)：綺麗(きれい)な　方(かた)です。そして、大変(たいへん)　優(やさ)しいです。

在學校

上野：好英俊的男孩喔！
杉山：是他嗎？他是我的學長喲！
上野：他是個怎樣的男孩呢？
杉山：不怎麼高。可是，是個很棒的男孩。
上野：好正點的女孩喔！
杉山：是她嗎？她是我的學妹喲！
上野：她是個怎樣的女孩呢？
杉山：是個漂亮的女孩。而且，非常溫柔。

読み物一

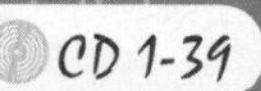

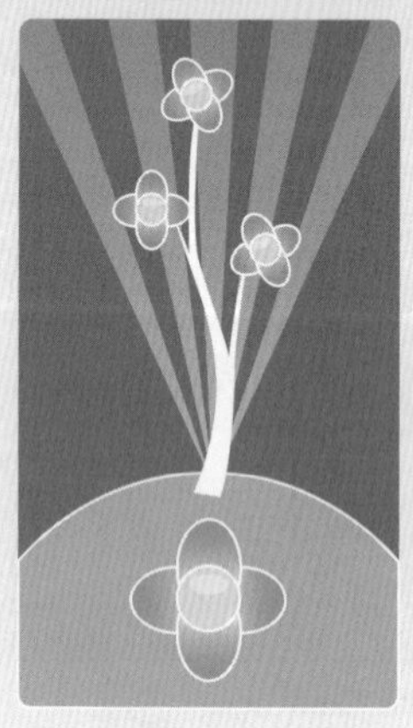

一年には　四つの　季節が　あります。それは　春・夏・秋・冬です。春は暖かいです。そして、気持ちが　いいです。夏は　暑いです。でも、西瓜は美味しいです。秋は　涼しいし、紅葉も　綺麗です。冬は　寒いです、ちょっと寂しいです。どんな　季節が　いいですか。

一年有四個季節。那就是春、夏、秋、冬。春天很暖和，而且很舒服。夏天很熱，可是西瓜很好吃。秋天很涼爽，而且楓葉很漂亮。冬天很寒冷，有點兒淒涼。怎樣的季節好呢？

読み物二

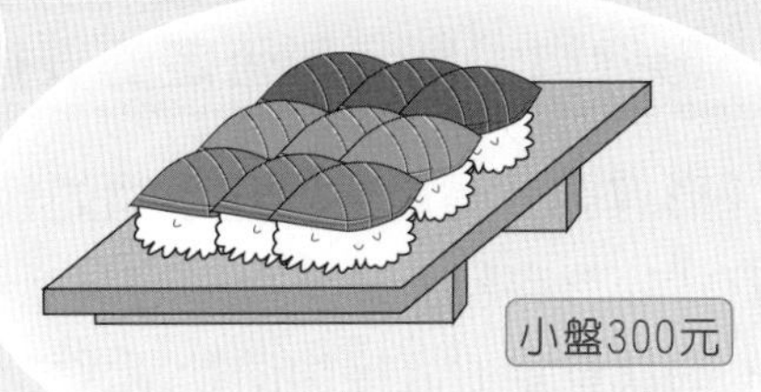

料理(りょうり)には 色々(いろいろ)な 味(あじ)が あります。酸(す)っぱい、甘(あま)い、苦(にが)い、辛(から)いなどの 味(あじ)が あります。台湾料理(たいわんりょうり)は 味(あじ)が 塩辛(しおから)い ほうです。とても 美味(おい)しいです。その上(うえ)、値段(ねだん)も 安(やす)いです。日本料理(にほんりょうり)は 味(あじ)が 甘(あま)いです。そして、美味(おい)しいです。でも、あまり 安(やす)く ないです。ちょっと 高(たか)いです。どんな 料理(りょうり)が いいですか。

料理有各種口味。有酸的，有甜的，有苦的，也有辣的等味道。台灣料理味道較鹹。很好吃，而且很便宜。日本料理味道較甜。很好吃，可是不怎麼便宜。有點兒貴。怎樣的料理好呢？

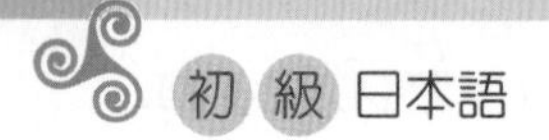

說明

本單元學習「形容詞」及「形容動詞」的肯定／否定與修飾名詞的表達方式。

1. 「形容詞」肯定／否定的表達

「形容詞」是用來表達事物的性質及狀態的詞類。依其語尾變化的不同，有「い形容詞」及「な形容詞」兩種。後者又叫「形容動詞」。「い形容詞」的「肯定」直接加助動詞「です」。「否定」則要把語尾的「い」改成「く」再加「ないです」或「ありません」。範例對照如下。

形容詞	肯定	否定1	否定2
暑(あつ)い	暑(あつ)いです	暑(あつ)くないです	暑(あつ)くありません
美味(おい)しい	美味(おい)しいです	美味(おい)しくないです	美味(おい)しくありません
大(おお)きい	大(おお)きいです	大(おお)きくないです	大(おお)きくありません
暖(あたた)かい	暖(あたた)かいです	暖(あたた)かくないです	暖(あたた)かくありません

值得注意的是，表「好的」意思的「形容詞」有「いい」和「よい」兩種說法，「いい」較口語化，但「否定」只能用「よい」來變化。範例對照如下。

形容詞	肯定	否定1	否定2
いい	いいです	×	×
よい	よいです	よくないです	よくありません

2.「形容詞」修飾名詞的表達

「形容詞」直接修飾名詞。對照如下：

(1) 夏(なつ)は　暑(あつ)いです。　　（夏天很熱。）
　➔ 暑(あつ)い　夏(なつ)です。　　（炎熱的夏天。）

(2) りんごは　大(おお)きいです。　　（蘋果很大。）
　➔ 大(おお)きい　りんごです。　　（大的蘋果。）

(3) 料理(りょうり)は　美味(おい)しいです。　　（料理很好吃。）
　➔ 美味(おい)しい　料理(りょうり)です。　　（好吃的料理。）

(4) 先輩(せんぱい)は　優(やさ)しいです。　　（學長很溫柔。）
　➔ 優(やさ)しい　先輩(せんぱい)です。　　（溫柔的學長。）

3.「形容動詞」肯定／否定的表達

「形容動詞」肯定／否定的表達和「名詞」的句型完全相同。肯定直接加助動詞「です」。否定則加「ではありません」。範例對照如下。

形容詞	肯定	否定
綺麗(きれい)だ	綺麗(きれい)です	綺麗(きれい)ではありません
親切(しんせつ)だ	親切(しんせつ)です	親切(しんせつ)ではありません
元気(げんき)だ	元気(げんき)です	元気(げんき)ではありません
ハンサムだ	ハンサムです	ハンサムではありません

4.「形容動詞」修飾名詞的表達

「形容動詞」又叫「な形容詞」，要用「な」修飾名詞。對照如下：

例

(1) 後輩(こうはい)は　綺麗(きれい)です。　（學妹很漂亮。）

➔ 綺麗(きれい)な　後輩(こうはい)です。　（漂亮的學妹。）

(2) 先生(せんせい)は　親切(しんせつ)です。　（老師很親切。）

➔ 親切(しんせつ)な　先生(せんせい)です。　（親切的老師。）

(3) おじいちゃんは　元気(げんき)です。　（爺爺很健康。）

➔ 元気(げんき)な　おじいちゃんです。　（健康的爺爺。）

(4) 先輩(せんぱい)は　ハンサムです。　（學長英俊。）

➔ ハンサムな　先輩(せんぱい)です。　（英俊的學長。）

5. 副詞「とても」與「あまり」的表達

副詞「とても」接肯定句，表「非常……」的意思。「あまり」通常接否定句，表「不太……」的意思。對照如下：

(1) 夏(なつ)は　とても暑(あつ)いです。　（夏天非常炎熱。）

➔ 秋(あき)は　あまり　暑(あつ)くないです。　（秋天不太熱。）

(2) りんごは　とても　高(たか)いです。　（蘋果很貴。）

➔ バナナは　あまり　高(たか)くないです。
（香蕉不太貴。）

(3) おじいちゃんは　とても　元気(げんき)です。
（爺爺非常健康。）

➔ おばあちゃんは　あまり　元気(げんき)では　ありません。
（奶奶不太健康。）

(4) 先輩(せんぱい)は　とても　ハンサムです。　（學長很英俊。）

➔ 後輩(こうはい)は　あまり　ハンサムでは　ありません。
（學弟不太英俊。）

6. 句子「順接」與「逆接」的表達

兩個句子的連接，如果語氣是承上接下的「順接」，用「そして」（～而且～）來表達；如果語氣是前後矛盾的「逆接」，用「でも」（～可是～）來表達。對照如下：

(1) 秋（あき）は　涼（すず）しいです。そして、紅葉（もみじ）は　綺麗（きれい）です。

（秋天很涼爽。而且，楓葉很漂亮。）

➔ 夏（なつ）は　暑（あつ）いです。でも、西瓜（すいか）は　美味（おい）しいです。

（夏天很熱。可是，西瓜很好吃。）

(2) 台湾料理（たいわんりょうり）は　美味（おい）しいです。そして、安（やす）いです。

（台灣菜很好吃。而且，很便宜。）

➔ 日本料理（にほんりょうり）も　美味（おい）しいです。でも、ちょっと　高（たか）いです。

（日本料理也很好吃。可是，有點兒貴。）

(3) 彼女（かのじょ）は　綺麗（きれい）です。そして、親切（しんせつ）です。

（她很漂亮。而且，很親切。）

➔ 彼（かれ）は　ハンサムです。でも、親切（しんせつ）では　ありません。

（他很英俊。可是，不親切。）

(4) 先生（せんせい）は　優（やさ）しいです。そして、ハンサムです。

（老師很和藹。而且，很英俊。）

➔ この　りんごは　大（おお）きいです。でも、美味（おい）しく　ないです。

（這個蘋果很大。可是不好吃。）

日本文化コラム

招財猫

招財貓（招き猫）的傳說，起源於四百多年前的江戶時代。起初是花柳界用來招呼客人的吉祥物，用沈香木製成。直到一百五十年前，才出現陶器招財貓。明治時代時，才普及到一般庶民之間。

招財貓本來是白色的，生產者廣泛遍佈於全國各地之後，才出現各種顏色的招財貓。一般說來，最具代表性的是三色貓（三毛猫），意味著幸運招福（福を招いて）；黑貓，能避邪消災（魔除け）；黃貓，是祈禱能結得良緣（良縁）；紅貓，則是祈求無病息災（病気除け）。

招財貓洗臉的手又有左右之分，舉右手是表示能招來財富（商売繁盛），舉左手是表示能招來客人（千客万来）。

練習

1. 請選出正確的漢字。

(1) ____あじ　①足　②脚　③味　④石

(2) ____かき　①壁　②顔　③時　④柿

(3) ____はる　①春　②夏　③秋　④冬

(4) ____みかん　①西瓜　②蜜柑　③葡萄　④林檎

(5) ____きれい　①季節　②紅葉　③綺麗　④気持

(6) ____げんき　①元気　②天気　③玄関　④玄米

(7) ____りょうり　①旅行　②料亭　③料金　④料理

(8) ____せんぱい　①先輩　②先生　③先日　④先週

(9) ____しんせつ　①新年　②新聞　③新鮮　④親切

(10) ____たいへん　①大切　②大体　③大事　④大変

2. 請選出正確的讀音。

(1) ____秋　①あめ　②あき　③はる　④ふゆ

(2) ____夏　①なし　②なに　③なぜ　④なつ

(3) ____後輩　①こうとう　②こうこう　③こうばい　④こうはい

(4) ____素敵　①すし　②すなお　③すがお　④すてき

(5) ____黒い　①くろい　②しろい　③あかい　④あおい

(6) ____青い　①あまい　②からい　③あおい　④あかい

(7) ____寒い　①あつい　②さむい　③やすい　④たかい

(8) ____甘い　①からい　②にがい　③すっぱい　④あまい

(9) ____優しい　①すずしい　②おいしい　③やさしい　④さびしい

(10) ____涼しい　①かなしい　②たのしい　③すずしい　④うれしい

3. 請將下列句子翻譯成中文。

(1) かれは　やさしい　だんせいです。

→ ______

(2) かのじょは　きれいな　じょせいです。

→ ______

(3) たいわんりょうりは　おいしいです。

→ ______

(4) みかんは　ちょっと　すっぱいです。

→ ______

(5) なしは　おおきいです。そして、あまいです。

→ ______

(6) かきは　おいしいです。そして、やすいです。

→ ______

(7) ふゆは　ちょっと　さびしいです。

→ ______

(8) あきは　すずしいです。そして、もみじも　きれいです。

→ ______

(9) にほんりょうりは　おいしいです。でも、やすくないです。

→ ______

(10) あの　ハンサムな　ひとは　わたしのせんぱいです。

→ ______

4. 請在空白處填入正確的用法。

	形容詞	肯定	否定1	否定2
1.	寒(さむ)い	寒(さむ)いです		寒(さむ)くありません
2.	暑(あつ)い		暑(あつ)くないです	
3.		黒(くろ)いです		
4.	いい			
5.		美味(おい)しいです		
6.				小(ちい)さくありません
7.	高(たか)い			
8.		優(やさ)しいです		
9.			悪(わる)くないです	
10.				安(やす)くありません

筆記欄

7

昨日(きのう)は　天気(てんき)が　よかったです。

学習ポイント

1. 形容詞的肯定過去式
   形容詞的否定過去式
2. 形容動詞的肯定過去式
   形容動詞的否定過去式
3. 名詞的肯定過去式
   名詞的否定過去式
4. 副助詞「より」表「比較」的用法
5. 逆態接續助詞「が」的用法

語彙

CD 2-1

1.	アルバイト	德Arbeit	【名詞】	打工／兼職
2.	いちにち	一日	【名詞】	一天
3.	いもうと	妹	【名詞】	妹妹
4.	うみ	海	【名詞】	大海
5.	かいじょう	会場	【名詞】	會場
6.	かぜ	風	【名詞】	風
7.	きっさてん	喫茶店	【名詞】	咖啡廳
8.	きのう	昨天	【名詞】	昨天
9.	きゅうじつ	休日	【名詞】	假日
10.	きょう	今日	【名詞】	今天
11.	じゅうにがつ	十二月	【名詞】	十二月
12.	しゅっちょう	出張	【名詞】	出差
13.	せ	背	【名詞】	身高／背部
14.	ついたち	一日	【名詞】	一日
15.	てがみ	手紙	【名詞】	信
16.	テスト	test	【名詞】	考試
17.	てんき	天気	【名詞】	天氣
18.	パーティー	party	【名詞】	派對／聚會
19.	にほんごのうりょくしけん	日本語能力試験	【名詞】	日語能力測驗
20.	はなびたいかい	花火大会	【名詞】	煙火表演
21.	へんじ	返事	【名詞】	回信
22.	むかし	昔	【名詞】	從前／過去
23.	ゆうべ	夕べ	【名詞】	昨天晚上
24.	ようか	八日	【名詞】	八日

25. りょこう	旅行	【名詞】	旅行
26. むずかしい	難しい	【形容詞】	困難的
27. いそがしい	忙しい	【形容詞】	忙碌的
28. おおい	多い	【形容詞】	多的
29. すくない	少ない	【形容詞】	少量的
30. たのしい	楽しい	【形容詞】	愉快的
31. ちかい	近い	【形容詞】	近的
32. やかましい	喧しい	【形容詞】	吵鬧的／喧鬧的
33. ざんねん	残念(だ)	【形容動詞】	可惜的／遺憾的
34. だいじょうぶ	大丈夫(だ)	【形容動詞】	沒問題／靠得住
35. にぎやか	賑やか(だ)	【形容動詞】	熱鬧的
36. べんり	便利(だ)	【形容動詞】	方便的
37. ください		【動詞】	請給我～
38. ぜんぜん	全然	【副詞】	一點也不…
39. どう		【副詞】	如何／怎樣
40. ほんとうに	本当に	【副詞】	眞的／十分

文型

CD 2-2

1. 昨日(きのう)は　天気(てんき)が　よかったです。

> 1. 昨天天氣很好。

2. 昨日(きのう)の　テストは　難(むずか)しかったですか。
……いいえ、ぜんぜん　難(むずか)しく　なかったです。易(やさ)しかったです。

> 2. 昨天的考試很難嗎?
> ……不，一點也不難，很簡單。

3. 台湾(たいわん)の　果物(くだもの)は　安(やす)くて、美味(おい)しいです。

> 3. 台灣的水果便宜又好吃。

4. 昔(むかし)　この　近(ちか)くは　静(しず)かで、綺麗(きれい)でしたよ。

> 4. 從前，這附近很安靜，也很漂亮哦。

5. 昨日(きのう)の　パーティーは　どうでしたか。
……とても　賑(にぎ)やかで、楽(たの)しかったです。
……あまり　賑(にぎ)やかでは　ありませんでした。

> 5. 昨天的派對怎麼樣?
> ……既熱鬧又好玩。
> ……不怎麼熱鬧。

6. 今日(きょう)は　忙(いそが)しい　一日(いちにち)でした。

> 6. 今天真是忙碌的一天。

7. 去年(きょねん)の 日本語能力試験(にほんごのうりょくしけん)は 十二月一日(じゅうにがつついたち)では ありませんでした。八日(ようか)でしたよ。

7. 去年的日語能力測驗不是12月1日。
是8日哦。

8. 妹(いもうと)は 私(わたし)より すこし 背(せ)が 高(たか)いです。

8. 我妹妹比我高一點。

9. 日本語(にほんご)は ちょっと 難(むずか)しい ですが、面白(おもしろ)いです。

9. 日語雖然有點難，但是挺有趣的。

会話一

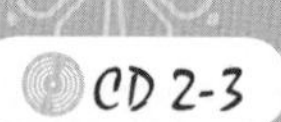

事務室で

坂口：先週の　旅行は　どうでしたか。

柏原：とても　楽しかったです。海は　青くて　綺麗でしたよ。

坂口：暑かったですか。

柏原：いいえ、風が　涼しかったですから、大丈夫でした。

坂口：人が　多かったですか。

柏原：いいえ、休日では　ありませんでしたから、少なかったです。

在辦公室內

坂口：上星期的旅行玩得怎樣？

柏原：很愉快，大海很藍、很漂亮。

坂口：熱嗎？

柏原：不，風很涼，所以還好。

坂口：人很多嗎？

柏原：不，因為不是假日，所以人很少。

会話二

喫茶店(きっさてん)で

友坂(ともさか)：夕(ゆう)べの 花火大会(はなびたいかい)は どうでしたか。

松下(まつした)：とっても 綺麗(きれい)でしたよ。

友坂(ともさか)：人(ひと)が 多(おお)かったでしょう。

松下(まつした)：ええ、すごい 人出(ひとで)でした。会場(かいじょう)には 三万人(さんまんにん)ぐらい いましたよ。

友坂(ともさか)：あ～、そうでしたか。わたしは 出張(しゅっちょう)で、台北(タイペー)に いませんでしたから、本当(ほんとう)に 残念(ざんねん)でした。

在咖啡廳內

友坂：昨晚的煙火好不好看?

松下：嗯，非常漂亮。

友坂：人一定很多吧。

松下：是的，人山人海，會場上大約有三萬人左右。

友坂：這樣啊。我因為出差不在台北，實在太可惜了。

読(よ)み物(もの)：友達(ともだち)への手紙(てがみ)

真理(まり)さんへ

お元気(げんき)ですか。

休(やす)みは　どうでしたか。私(わたし)は　毎日(まいにち)　アルバイトで　忙(いそが)しかったです。

すこし　大変(たいへん)でしたが、楽(たの)しかったです。

返事(へんじ)を　ください。

十二月十日(じゅうにがつとおか)

恵(めぐみ)より

真理：　　HAPPY

妳好嗎？

假期過得怎麼樣？我每天打工很忙。雖然有點累，但很愉快

記得回信給我哦。

十二月十日

小惠敬上

說　明

1. 本課學習的第一個重點為形容詞的①肯定過去式、②否定過去式。其原則如下：

(1) 敬體肯定過去式：將語尾的「い」改成「かっ」，後面再加上表示過去或完了的助動詞「た」，然後在後面加上美化語的「です」，成爲「Aかったです」的形式即爲「敬體的肯定過去式」。

面白(おもしろ)い → 面白(おもしろ)かったです
暑(あつ)い → 暑(あつ)かったです

(2) 敬體否定過去式：將語尾的「い」改成「く」，加上否定助動詞「ない」，之後再將「ない」的語尾改成「かっ」，後面再加上表示過去或完了的助動詞「た」，成爲「A　くなかった」的形式。接著，只要在後面加上美化語的「です」，成爲「A　くなかったです」的形式即爲「敬體的否定過去式」。

面白(おもしろ)い → 面白(おもしろ)くなかったです
暑(あつ)い → 暑(あつ)くなかったです
いい → よい → よくなかったです

2. 本課學習的第二個重點為形容動詞的①肯定過去式、②否定過去式。其原則如下：

(1) 敬體肯定過去式：將語尾的助動詞「です」改成「でした」即成爲「敬體的肯定過去式」。

綺麗(きれい)です → 綺麗(きれい)でした
好(す)きです → 好(す)きでした

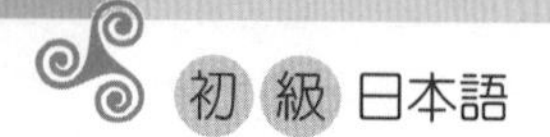

(2) 敬體否定過去式：將語尾的助動詞「です」改成「ではありませんでした」的形式即成爲「敬體的否定過去式」。

綺麗（きれい）です → 綺麗（きれい）ではありませんでした

好（す）きです → 好きではありませんでした

3. 本課學習的第三個重點為名詞的肯定過去式（Nでした）和名詞的否定過去式（Nではありませんでした）。

(1) 名詞的敬體肯定過去式：日語的名詞並沒有活用的語尾，「です」是「助動詞」。名詞的過去式是由助動詞「です」來呈現的，而「です」的過去式爲「でした」。因此，名詞的過去式只要將「Nです」改成「Nでした」即可。

日曜日（にちようび）です → 日曜日（にちようび）でした

休日（きゅうじつ）です → 休日（きゅうじつ）でした

(2) 名詞的敬體否定過去式：承接上面的說明，助動詞「です」的否定過去式是「ではありませんでした」。因此，名詞的過去式只要將「Nです」改成「Nではありませんでした」即可。

日曜日（にちようび）です → 日曜日（にちようび）ではありませんでした

休日（きゅうじつ）です → 休日（きゅうじつ）ではありませんでした

4. 「は」與「が」的搭配

「は」爲副助詞，標示句子中的主題，通常出現在句首，後面的述語爲說明句。「が」爲格助詞，標示各種現象或狀態的主語，以及引起主語「好惡」、「恐懼」等各種情緒的事物。兩者搭配形成「大主語＋小主語」的句型。簡單的說，就是以「は」來提示句子所要談論或敘述的話題（主題），接著，再以「が」來標示說明句（述語）中的主語，最後再以各種形容詞或形容動詞說明該主語所呈現的狀態。

例

昨日は　天気が　よかったです。

（昨天天氣很好。）

あの　食堂は　うどんが　一番　美味しいです

（那家餐廳烏龍麵最好吃。）

美紀さんは　目が　綺麗です。

（美紀小姐眼睛很漂亮。）

私は　頭が　痛いです。

（我頭痛。）

私は　先生が　怖いです。

（我怕老師。）

私は　日本語が　好きです。

（我喜歡日語。）

5.「より」：「より」表示比較的基準。本課要學習的句型為「N1 は N2 より～」，意為「N1 比 N2 ～」。後面的「～」多以形容詞或形容動詞來作說明。

日本の　冬は　台湾より　寒いです。

（日本的冬天比台灣冷。）

昨日は　今日より　暑かったです。

（昨天比今天熱。）

日本語は　英語より　すこし　難しいです。

(日語比英語難一點。)

今の　所は　昔より　交通が　便利ですよ。

（現在住的地方交通比以前方便。）

台北101モールは　三越高層ビルより　高いです。

（台北101摩天大樓比新光三越摩天大樓高。）

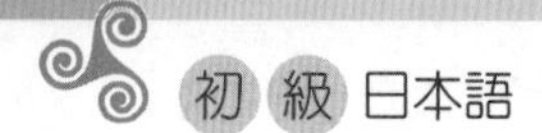

6. 「が」：逆態接續助詞，接在動詞、形容詞、形動詞容或助動詞的終止形（第三變化）後面，意為「雖然……但是……」。

例

この　近(ちか)くは　便利(べんり)ですが、喧(やかま)しいです。
（這附近雖然很方便，但是很吵。）

日本語(にほんご)は　難(むずか)しいですが、面白(おもしろ)いです。
（日文雖然難，但是很有趣。）

午前(ごぜん)は　忙(いそが)しかったですが、午後(ごご)からは　暇(ひま)でした。
（上午雖然很忙，但從下午開始就很清閒。）

十年前(じゅうねんまえ)　ここは　賑(にぎ)やかでは　ありませんでしたが、静(しず)かで、綺麗(きれい)でしたよ。
(十年前，這裡雖然不熱鬧，但是既安靜又漂亮。)

7. 「も」：副助詞「も」表示①「類似事物的並列」，除了列舉的用法之外，還可以接在數量詞後面表示②「數量超過預期或到達一定程度」，本課的用法屬於後者。

例

昨日(きのう)は　雨(あめ)でした。今日(きょう)も　雨(あめ)です。
（昨天下雨，今天也下雨。）

私(わたし)は　英語(えいご)が　好(す)きです。日本語(にほんご)も　好(す)きです。
（我喜歡英語，也喜歡日語。）

花火大会(はなびたいかい)の　会場(かいじょう)には　人(ひと)が　三万人(さんまんにん)も　いました。
（煙火大會的會場上多達三萬人。）

今年(ことし)の　夏休(なつやす)みは　二(に)ヶ月半(げつはん)も　ありますよ。
（今年的暑假長達二個半月。）

8. 進階說明－名詞過去式：「です」是敬體的助動詞，常體的助動詞是「だ」。以下說明名詞的 ①常體的肯定過去式 ②常體的否定過去式。

(1) 名詞的常體肯定過去式：將常體的助動詞「だ」改成「だっ」，然後在後面加上表示過去或完了的助動詞「た」；亦即將語尾的「N だ」改成「N だった」的形式。

日曜日（にちようび）だ → 日曜日（にちようび）だった

休日（きゅうじつ）だ → 休日（きゅうじつ）だった

(2) 名詞的常體否定過去式：將常體的助動詞「だ」改成「では」，然後在後面加上否定助動詞「ない」，並將「ない」改成過去式「なかった」；亦即將語尾的「N だ」改成「N ではなかった」的形式。

日曜日（にちようび）だ → 日曜日（にちようび）ではなかった

休日（きゅうじつ）だ → 休日（きゅうじつ）ではなかった

9. 補充說明－形容詞的並列用法

形容詞的並列用法是在第一個形容詞的第二變化（連用形）「～く」之後加上助詞「て」，然後連接第二個形容詞或形容動詞。中文意思是「又……又……」。

安（やす）い＋美味（おい）しい→安（やす）くて美味（おい）しい　（又便宜又好吃）

優（やさ）しい＋親切（しんせつ）です→優（やさ）しくて親切（しんせつ）です　（又和藹又親切）

10. 補充說明－形容動詞的並列用法

形容動詞的並列用法是在第一個形容動詞的第二變化（連用形）「～で」之後加上第二個形容動詞或形容詞。中文意思是「又……又……」。

例

静(しず)かです＋綺麗(きれい)です→静(しず)かで綺麗(きれい)です　（又安靜又漂亮）

親切(しんせつ)です＋優(やさ)しい→親切(しんせつ)で優(やさ)しい　（又親切又和藹）

➲ 並列之後的形容詞和形容動詞的型態，由後面的形容詞或形容動詞決定。

例

静(しず)かで綺麗(きれい)です→静(しず)かで綺麗(きれい)でした

安(やす)くて美味(おい)しい→安(やす)くて美味(おい)しかった

日本文化コラム

中國的「中元節」與日本的「お中元」

由於中文的國字和日文的漢字有極高的相似率，其中甚至有一大部份的字形和字義都完全一致，因此學習者在學習日文的過程中，看到和中文相同的語詞時，便常常不求甚解地以中文的意思去理解日文，造成「張冠李戴」或「風馬牛不相及」的錯誤。舉例來說，中文的「中元節」和日文的「お中元」，雖然兩者的「中元」一模一樣，但內涵卻大大不同。

中國人過中元節，主要是農曆七月。七月是鬼月，七月一日是鬼門開的日子，許許多多的孤魂野鬼會在這一個月到人間來接受人們祭祀供奉的金銀財寶和衣服、食物。習慣上，中國人會選在農曆的七月十五日舉行「中元普渡」，進行普渡的儀式，祈願接受了人們祭祀供奉的金銀財寶和衣服、食物的孤魂野鬼們，能滿足地返回陰間，不要流連於不屬於他們的人間，爲人們帶來災厄。其目的不外乎祈求平安。

不同於中國人祭祀孤魂野鬼的「中元普渡」，日本的「お中元」雖然是源自於中國道教信仰「三元」中，陰曆的七月十五日的「中元」，但現在已經完全脱離原意，專指日本人在七月間贈送禮物給平常特別關照自己的人（如上司或生意往來的客户等），以表達感謝與夏季問候的重要活動。一般送禮和回禮都在七月一日至十五日之間進行。

➲補充說明

中國道教信仰的「三元」指的是上元（陰曆一月十五日）、中元（陰曆的七月十五日）、下元（陰曆十月十五日）。

1. 請選出正確的讀音。

(1) ____旅行　①りょうこう　②りょこう　③りゅこう　④りょごう

(2) ____楽しい　①うれしい　②だのしい　③たのしい　④たれしい

(3) ____涼しかった　①すすしかった　②ずずしかった　③ずうずうしかった　④すずしかった

(4) ____休日　①やすみにち　②きゅうじつ　③しゅうにち　④しゅうひ

(5) ____八日　①よっか　②ようか　③ここのか　④とおか

(6) ____九日　①みっか　②ふつか　③ここのか　④ようか

(7) ____少ない　①じくない　②しくない　③すくない　④おおくない

(8) ____人出　①ひとで　②びとで　③ひとて

(9) ____残念　①ぜんねん　②さねん　③ざんねん　④ざねん

(10) ____喫茶店　①きっさてん　②きさてん　③きっさでん

(11) ____花火　①ほなみ　②はなみ　③はなび　④ばなび

(12) ____出張　①しちょう　②しゅっちょう　③じゅちょう

2. 請聽ＣＤ，並寫出正確内容。　CD 2-6

(1) ____________________

(2) ____________________

(3) ____________________

(4) ____________________

(5) ____________________

(6) ____________________

3. 請在空白處填入正確的用法。

肯定現在式	否定現在式	肯定過去式	否定過去式
難しいです			
いい			
			喧しくなかったです
	好きではありません		
		便利でした	
静かです			
		休日でした	
	昨日ではありません		

4. 請修正下列句子中錯誤的部份。

(1) あしたは　にちようびでは　ありませんでした。どようびでした。

____

(2) えいご の　しけんは　むずかしいでは　ありませんでした。

____

(3) この　ちかくは　ちかいて　べんりです。

____

(4) むかし　この　こうえんは　しずかくて　きれいですよ。

(5) せんしゅうは　とても　いそがしいでしたが、
こんしゅうは　ぜんぜん　いそがしいでは　ありません。

(6) きょねんの　なつは　とても　あつ　くなかったです。

(7) おすしは　おいしく　ないですが、すきでは　ありません。

(8) わたしの　へやは　ひろく　ないですから、きれいですよ。

5. 請回答下列問題。

(1) きのうは　いい　てんきでしたか。

(2) ちいさいとき　あなたは　まんがが　すきでしたか。

(3) にほんごの　せんせいは　やさしいですか。

(4) たいわんの　ふゆは　さむいですか。

(5) きょねんの　なつは　あつかったですか。

8

私（わたし）は　毎日（まいにち）　新聞（しんぶん）を　読（よ）みます。

学習ポイント

1. 辨識「五段動詞」與「サ行活用動詞」
2. 學習「五段動詞」與「サ行活用動詞」的第二變化＋①ます
   ②ません
   ③ました
   ④ませんでした
3. 熟悉格助詞「を」、「で」、「と」、「に」的用法
4. 了解副助詞「は」、「も」的用法

語彙

CD 2-7

1.	あした	明日	【名詞】	明天
2.	あね	姉	【名詞】	姊姊
3.	インターネット	internet	【名詞】	網際網路
4.	うんどう	運動	【名詞】	運動
5.	おさけ	お酒	【名詞】	酒
6.	おはなし	お話	【名詞】	談話／聊天
7.	かぞく	家族	【名詞】	家人
8.	けっこん	結婚	【名詞】	結婚
9.	こと	事	【名詞】	事／事情
10.	さんぽ	散歩	【名詞】	散步
11.	しごと	仕事	【名詞】	工作／職業
12.	しゃしん	写真	【名詞】	相片
13.	しゅくだい	宿題	【名詞】	作業
14.	しょくじ	食事	【名詞】	用餐／吃飯
15.	タバコ	葡tabaco	【名詞】	香煙
16.	チャット	chat	【名詞】	網路聊天室
17.	デパート	department store	【名詞】	百貨公司
18.	でんわだい	電話代	【名詞】	電話費
19.	もの	物	【名詞】	東西
20.	りょうり	料理	【名詞】	料理／菜餚
21.	レストラン	restaurant	【名詞】	餐廳
22.	あう	会う	【五段動詞】	見面
23.	あそぶ	遊ぶ	【五段動詞】	玩

24. うる	売る	【五段動詞】	賣
25. およぐ	泳ぐ	【五段動詞】	游泳
26. かう	買う	【五段動詞】	購買
27. きく	聞く	【五段動詞】	聽／聽到
28. しぬ	死ぬ	【五段動詞】	死
29. すう	吸う	【五段動詞】	吸／抽(香煙)
30. とる	取る	【五段動詞】	取／拿
31. とる	撮る	【五段動詞】	拍攝
32 ならう	習う	【五段動詞】	練習／學習
33. のむ	飲む	【五段動詞】	喝／飲
34. はじまる	始まる	【五段動詞】	開始／起始
35. はなす	話す	【五段動詞】	說／講
36. はらう	払う	【五段動詞】	付錢／繳費
37. まつ	待つ	【五段動詞】	等待／等候
38. やすむ	休む	【五段動詞】	休息
39. よむ	読む	【五段動詞】	閱讀
40. する		【サ行活用動詞】	做／執行／進行
41. べんきょうする	勉強する	【サ行活用動詞】	讀書／用功／做功課
42. いろいろ	色々（だ）	【形容動詞】	各式各樣的
43. いつも		【副詞】	經常／每次都…
44. ゆっくり		【副詞】	慢慢／不著急
45. よく		【副詞】	常常
46. それから		【接續詞】	然後

文型

CD 2-8

1. 父（ちち）は　毎日（まいにち）　新聞（しんぶん）を　読（よ）みます。

> 1. 我爸爸每天看報紙。

2. あなたは　どこで　電話代（でんわだい）を　払（はら）いますか。
……私（わたし）は　いつも　コンビニで　払（はら）います。

> 2. 你在哪裡繳電話費？
> ……我都是在便利商店繳。

3. 私（わたし）は　明日（あした）　友達（ともだち）と　食事（しょくじ）を　します。

> 3. 我明天要和朋友一起吃飯。

4. 私（わたし）は　たばこを　吸（す）いません。お酒（さけ）も　飲（の）みません。

> 4. 我不抽煙，也不喝酒。

5. 姉（あね）は　公園（こうえん）で　可愛（かわい）い写真（しゃしん）を　たくさん　撮（と）りました。

> 5. 我姊姊在公園拍了很多可愛的照片。

6. あなたは　あの　デパートで　何（なに）を　買（か）いましたか。
……靴（くつ）を　買（か）いました。

> 6. 你在那家百貨公司買了什麼東西呢？
> ……買了鞋子。

7. 日曜日（にちようび）は　勉強（べんきょう）を　しません。アルバイトを　します。

> 7. 星期天不讀書，要打工。

会話

アルバイト先（さき）のコンビニで

藤木（ふじき）：福山（ふくやま）さんは　日曜日（にちようび）に　アルバイトを　しますか。

福山（ふくやま）：いいえ、しません。家（うち）で　ゆっくり　休（やす）みます。

藤木（ふじき）：何（なに）か　好（す）きな　ことを　しますか。

福山（ふくやま）：ええ、しますよ。私（わたし）は　よく　チャットで　友達（ともだち）と　話（はなし）を　します。

藤木（ふじき）：それは　楽（たの）しいですね。

福山（ふくやま）：ええ、とても　楽（たの）しいです。

在打工的便利商店內

藤木：福山，你星期日也要打工嗎？

福山：不，不用打工。在家好好休息。

藤木：有沒有做些什麼喜歡的事呢？

福山：有。我常在網路聊天室和朋友聊天。

藤木：那很有趣吧。

福山：是啊。非常愉快。

読み物

恵(めぐみ)へ

お手紙(てがみ)、ありがとう。

わたしは 休(やす)みに 家族(かぞく)と デパートで 色々(いろいろ)な 物(もの)を 買(か)いました。それから、レストランで 食事(しょくじ)を しました。すこし 高(たか)かったですけど、おいしい 料理(りょうり)でした。

では、お元気(げんき)で

真理(まり)より

給小惠

HAPPY

謝謝你的來信

假期當中我和家人在百貨公司買了各式各樣的東西，然後在餐廳用餐。雖然有點貴，但是菜很好吃。

祝 身體健康

真理敬上

說明

1. 「五段動詞」與「サ行活用動詞」

(1) 日語的動詞共有五種：①五段動詞、②上一段動詞、③下一段動詞、④カ行活用動詞、⑤サ行活用動詞。本課的學習重點爲「五段動詞」和「サ行活用動詞」。

(2) 凡是語尾不是「る」的動詞均爲「五段動詞」，如：言(い)う、聞(き)く、話(はな)す、待(ま)つ、死(し)ぬ、飲(の)む、泳(およ)ぐ、遊(あそ)ぶ……等。

其次，若語尾爲「る」，則必須檢視其上方的平假名是「ア段、ウ段、オ段」的音才是五段動詞，如：ある、売(う)る、取(と)る、始(はじ)まる……等。

(3) 五段動詞的變化表如下：

	動詞		V1	V2	V3	V4	V5	V6	V7
	語幹	語尾							
買う	か	う	わ	い	う	う	え	え	お
聞く	き	く	か	き	く	く	け	け	こ
話す	はな	す	さ	し	す	す	せ	せ	そ
待つ	ま	つ	た	ち	つ	つ	て	て	と
死ぬ	し	ぬ	な	に	ぬ	ぬ	ね	ね	の
飲む	の	む	ま	み	む	む	め	め	も
泳ぐ	およ	ぐ	が	ぎ	ぐ	ぐ	げ	げ	ご
遊ぶ	あそ	ぶ	ば	び	ぶ	ぶ	べ	べ	ぼ
始まる	はじま	る	ら	り	る	る	れ	れ	ろ
売る	う	る	ら	り	る	る	れ	れ	ろ
撮る	と	る	ら	り	る	る	れ	れ	ろ
接續			ない	ます	。	N	ば	。	う

➲ 注意事項：1. 五段動詞「ある」的第一變化並非「あら」，而是「ない」。
2. 「う」結尾的五段動詞第一變化是「わ」。

(4) サ行活用動詞只有一個「する」。

「する」可以單獨使用，中文意思是「做，執行」，但在譯成中文時有時常不譯出。

「運動(うんどう)をする」　（運動）

「アルバイトをする」　（打工）

此外，「する」也可以和動作性的名詞（本教材稱爲「動名詞」）結合，成爲該動詞的活用語尾。

「勉強(べんきょう)」＋「する」→「勉強(べんきょう)する」（讀書／用功／做功課）

「散歩(さんぽ)」＋「する」→「散歩(さんぽ)する」　（散步）

(5) 「する」的變化表如下：

	V1	V2	V3	V4	V5	V6	V7
する	さ し せ	し	する	する	すれ	しろ せよ	し
接續	ない	ます	。	N	ば	。	よう

2. 動詞第二變化的用法

(1) 動詞的第二變化＋「ます」是表示：

①每天或反覆的動作或習慣。

②未來的動作。

「ます」否定的用法是「ません」。

私は　毎晩　日本語を　勉強します。

（我每天晚上讀日語。）

私は　来週　友達と　食事を　します。

（下星期我要和朋友吃飯。）

私は　あまり　日本語の　歌を　聞きません。

（我不太聽日文歌。）

私は　コーヒーを　飲みません。

（我不喝咖啡。）

(2) 動詞的第二變化＋「ました」是表示過去的動作或行爲，「ませんでした」爲其否定的用法。

昨日は　駅の　前で　あなたを　待ちましたよ。

（我昨天在車站前面等你了喲。）

真紀ちゃんは　どうして　学校を　休みましたか。

（真紀妳為什麼請假沒上學呢？）

昨日　私は　宿題を　書きませんでした。

（昨天我沒寫作業。）

先週は　ぜんぜん　運動を　しませんでした。

（上星期都沒運動。）

3. 格助詞「を」「で」「と」「に」的用法

(1) 「を」：標示動詞的受詞。

私(わたし)は　毎朝(まいあさ)　牛乳(ぎゅうにゅう)を　飲(の)みます。

（我每天早上喝牛奶。）

私(わたし)は　七時(しちじ)から　日本語(にほんご)を　勉強(べんきょう)します。

（我要從七點開始讀日文。）

あなたは　あの 小説(しょうせつ)を　読(よ)みましたか。

（你看過那本小說了嗎？）

(2) 「で」：

①標示動態動作進行的場所。

私(わたし)は　あの　デパートで　シャツを　買(か)いました。

（我在那家百貨公司買了襯衫。）

兄(あに)は　明日(あした)から　あの　コンビニで　アルバイトを　します。

（我哥哥從明天開始要在那家便利商店打工。）

あなたは　どこで　日本語(にほんご)を　習(なら)いましたか。

（你在哪裡學日文的？）

②標示工具或方法。

私(わたし)は　いつも　コンピューターで　レポートを　書(か)きます。

（我常常用電腦打報告。）

私(わたし)は　よく　インターネットで　友達(ともだち)と　話(はなし)をします。

（我常常用網路和朋友聊天。）

(3) 「と」：標示共同的行爲者，中文意思爲「和、與」

私は　来月　美穂と　結婚します。
（我下個月要和美穗結婚。）
太郎は　翔太と　公園で　遊びました。
（太郎和翔太在公園玩了。）
昨日は　喫茶店で　智子と　会いました。
（昨天在咖啡廳和智子見了面。）

(4) 「に」：接在時間名詞的後面，標示動作或行爲發生的時間。

あなたは　今週の　日曜日に　何を　しますか。
（這星期日你要做什麼？）
昨日は　何時に　家へ　帰りますか。
（昨天你幾點回家？）

4. 副助詞「は」「も」

(1) 「は」：標示或強調話題中的人、事、地、物、時間；也就是整個句子是以「は」前面的人、事、地、物、時間……等爲敘述的重點，通常放在句首，「は」後面的述語爲說明文。

父は　毎日　新聞を　読みます。（我爸爸每天看報紙。）
宿題は　書きましたか。　（作業寫了嗎？）
日曜日は　仕事を　しません。家で　ゆっくり　休みます。
（星期天不工作，在家好好地休息。）

(2) 「も」：標示同類事物的添加，也就是中文中的「也」。

私は　タバコを　吸いません。お酒も　飲みません。

（我不抽煙，也不喝酒。）

私は　日本語が　好きです。英語も　好きです。

（我喜歡日語，也喜歡英語。）

兄は　日本語を　習います。私も　日本語を　習います。

（我哥哥要學日語，我也要學日語。）

日本文化コラム

台灣的粽子與日本的豬排

時序一進入三、四月，台灣就正式進入考季，從國中的基本學力測驗、技職院校的聯合甄試，到大學的多元入學能力測驗，不僅莘莘學子辛苦地進入全力備戰的狀態，就連望子成龍、望女成鳳的家長也是卯足了全力，希望能從旁助一臂之力，將孩子送進理想的學府。尤其到了考試前幾天，全省各大廟宇的文昌帝君和魁星的供桌上更是擺滿了准考證和粽子。准考證是希望能獲得神的加持，發揮最大的潛力，一試中第；而粽子則是取其「中」之諧音，喻「中第」之意。

談到考試，日本也是一個相當注重學歷的社會，參加各種考試也是日本人揮之不去的沉重壓力。過去，日本曾被稱爲「受験地獄(じゅけんじごく)」（考試的地獄），壓力之沉重及競爭之激烈可見一斑。所以，當考期一近，日本的學生和家長也會到寺院或神社祈求神佛的庇祐。通常他們會在「絵馬(えま)」（一種長方形的木板，上面大多做成屋頂的形狀）上寫上想考取的學校，祈願之後，掛在設於寺院或神社側面的小亭裡。此外，考試當天，考生家中也會特別準備炸豬排（カツレツ），取其同音漢字「勝」（讀爲カツ）之意，祝福考生考上心目中理想的學校。

➲補充說明

1. 受験地獄（じゅけんじごく）：考試的地獄

2. 絵馬（えま）：繪馬原本是祈求神佛庇祐，或當祈求的願望實現後當成還願的象徵，而奉獻給寺院或神社的匾額。一般是長方形的木板上面做成屋頂的形狀。由於原本的用意是用畫的馬代替眞馬，奉獻給寺院或神社，所以都畫上馬。不過後來也出現了各種其他的造型和圖樣。

1. 請選出正確的讀音。

(1) ____写真 ①せしん ②しゃしん ③しゃあしん ④じゃしん

(2) ____新聞 ①しんぶん ②しぶん ③じぶん ④しんふん

(3) ____姉 ①あに ②あめ ③あき ④あね

(4) ____電話代 ①でんわだい ②でいわたい ③でんわたい ④てんをだい

(5) ____友達 ①どもだち ②ともたち ③ともだち ④どうもたち

(6) ____休み ①ゆすみ ②やすみ ③りゅすみ ④じゃすみ

(7) ____家族 ①かぞく ②かあそく ③かあじく ④がぞく

(8) ____restaurant ①レストラン ②レストーラン ③レーストラン

(9) ____department ①デパート ②テバード ③デバーと ④デイパート

(10) ____convenience store ①ゴンビニ ②コビニ ③コンビニ ④ゴービニ

(11) ____internet ①イターネット ②インターネット ③インタンネット

2. 請聽CD，並寫出正確内容。 CD 2-11

(1) ____________________

(2) ____________________

(3) ____________________

(4) ____________________

(5) ____________________

(6) ____________________

3. 請寫出正確的語尾變化。

	讀音		V1	V2	V3	V4	V5	V6	V7
	語幹	語尾							
買(か)う	か	う	わ	い	う	う	え	え	お
聞(き)く									
吸(す)う									
話(はな)す									
払(はら)う									
飲(の)む									
休(やす)む									
読(よ)む									
終(お)わる									
撮(と)る									
する									

4. 連連看。

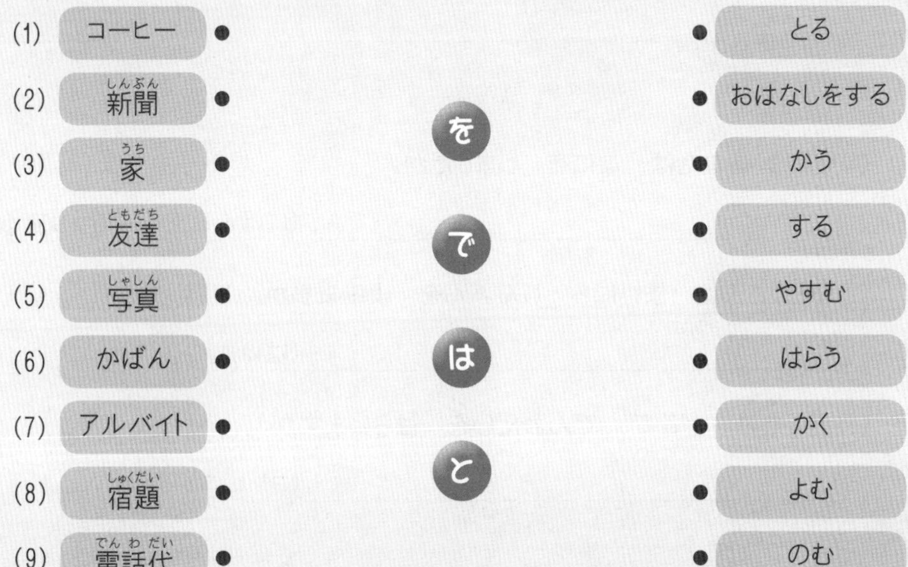

5. 請回答下列問題。

A.

(1) 真理(まり)さんは　休(やす)みに　何(なに)を　しましたか。

____

(2) 真理(まり)さんは　どこで　食事(しょくじ)を　しましたか。

____

(3) レストランの　料理(りょうり)は　安(やす)かったですか。

____

(4) レストランの　料理(りょうり)は　どうでしたか。

____

(5) 福山(ふくやま)さんは　日曜日(にちようび)も　アルバイトを　しますか。

____

(6) 福山(ふくやま)さんは　日曜日(にちようび)に、何(なに)を　しますか。

____

(7) 福山(ふくやま)さんは　チャットで　何(なに)を　しますか。

____

B.

(1) きのう、あなたは　なにを　しましたか。

______________________________(にほんごをべんきょうする)

(2) おとうさんは　まいにち　しんぶんを　よみますか。

______________________________(はい)

(3) あなたは　どこで　でんわだいを　はらいますか。

______________________________(コンビニ)

(4)あなたは　きのう　アルバイトを　しましたか。

______________________________(いいえ)

(5)あなたは　おさけを　のみますか。

______________________________(いいえ)

(6)あなたは　よく　にほんごで　ともだちと　はなしを　しますか。

______________________________(いいえ、あまり)

筆記欄

9

私(わたし)は　毎朝(まいあさ)　六時(ろくじ)に　起(お)きます。

学習ポイント

1. 移動性動詞：「行く」、「来る」、「帰る」等常用動詞
2. 格助詞：表起點的「から」、表方向的「へ」、表工具的「で」，和表場所的「で」
3. 上一段動詞、下一段動詞和カ行變格動詞的變化

語彙

CD 2-12

1.	うち	家	【名詞】	家
2.	おとうさん	お父さん	【名詞】	令尊【敬稱】
3.	こうがい	郊外	【名詞】	郊外
4.	こうちょう・せんせい	校長先生	【名詞】	校長
5.	こうじょう	工場	【名詞】	工場
6.	ごご	午後	【名詞】	下午
7.	ことし	今年	【名詞】	今年
8.	ざんぎょう	残業(する)	【名詞・サ行動詞】	加班
9.	しょうかだいがく	商科大学	【名詞】	商科大學
10.	そつぎょう	卒業(する)	【名詞・サ行動詞】	畢業
11.	ちち	父	【名詞】	家父【謙稱】
12.	でんしゃ	電車	【名詞】	電車
13.	でんわ	電話	【名詞】	電話
14.	バス	bus	【名詞】	公車
15.	はたち	二十歳	【名詞】	二十歲
16.	べんとう	弁当	【名詞】	便當
17.	ぼうえきがいしゃ	貿易会社	【名詞】	貿易公司
18.	ほんや	本屋	【名詞】	書店
19.	まいあさ	毎朝	【名詞】	每天早上
20.	まいばん	毎晩	【名詞】	每天晚上
21.	よる	夜	【名詞】	夜晚
22.	れんらく	連絡	【名詞】	聯絡
23.	いく	行く	【五段動詞】	去
24.	おもう	思う	【五段動詞】	認爲／思索

25. かえる	帰る	【五段動詞】	回家
26. つくる	作る	【五段動詞】	製造／製作
27. ぬぐ	脱ぐ	【五段動詞】	脫掉
28. のる	乗る	【五段動詞】	搭乘
29. はいる	入る	【五段動詞】	進入
30. はたらく	働く	【五段動詞】	做工／工作
31. おきる	起きる	【上一段動詞】	起床
32. おりる	降りる	【上一段動詞】	下來／降落
33. きる	着る	【上一段動詞】	穿
34. おくれる	遅れる	【下一段動詞】	遲到／耽誤
35. かける	掛ける	【下一段動詞】	掛上／捆上
36. こたえる	答える	【下一段動詞】	回答
37. たてる	立てる	【下一動詞】	立起
38. たべる	食べる	【下一段動詞】	吃／食用
39. ねる	寝る	【下一段動詞】	就寢／上床
40. くる	来る	【カ行變格動詞】	來
41. ときどき	時々	【副詞】	經常
42. だいたい	大体	【副詞】	大致／大概

文型

CD 2-13

1. 私(わたし)は　毎朝(まいあさ)　六時(ろくじ)に　起(お)きます。

　　1. 我每天早上六點起床。

2. 私(わたし)は　毎晩(まいばん)　十二時(じゅうにじ)に　寝(ね)ます。

　　2. 我每天晚上十二點睡覺。

3. 私(わたし)は　毎日(まいにち)　教室(きょうしつ)で　弁当(べんとう)を　食(た)べます。

　　3. 我每天在教室吃便當。

4. 校長先生(こうちょうせんせい)は　毎朝(まいあさ)　松山(まつやま)から　学校(がっこう)へ　来(き)ます。

　　4. 校長每天早上從松山來學校。

5. 父(ちち)は　毎日(まいにち)　電車(でんしゃ)で　会社(かいしゃ)へ　行(い)きます。

　　5. 家父每天搭電車去公司。

6. 姉(あね)は　毎日(まいにち)　午後(ごご)　六時半(ろくじはん)に　バスで　家(うち)へ　帰(かえ)ります。

　　6. 姊姊每天下午六點半搭公車回家。

会話一

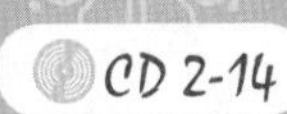

学校で

服部：吉田さんは　毎朝　何時に　起きますか。

吉田：私は　毎朝　六時半ごろ　起きます。

服部：何時に　学校へ　来ますか。

吉田：大体　七時ごろ　来ます。

服部：昼食は　どこで　何を　食べますか。

吉田：昼食は　いつも　教室で　弁当を　食べます。

服部：弁当は　美味しいですか。

吉田：あまり　美味しく　ないですが、安くて　便利です。

在學校

服部：吉田同學每天幾點起床呢？

吉田：我每天早上六點半左右起床。

服部：幾點來學校呢？

吉田：大概七點左右來。

服部：午餐在哪裡（吃）吃什麼呢？

吉田：午餐經常在教室吃便當。

服部：便當好吃嗎？

吉田：（便當）雖然不怎麼好吃，但是很便宜又方便。

会話二

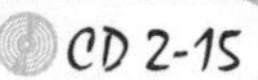

学校で

川口：張さんは　毎朝　何時に　学校へ　来ますか。
張　：私は　七時に　来ます。川口さんは。
川口：私も　七時ごろ　来ます。張さんは　いつも　何で　来ますか。
張　：私は　いつも　電車で　来ます。川口さんも　電車で　来るでしょう。
川口：いいえ、私は　バスで　来ますよ。

在學校

川口：張同學每天幾點來學校呢？
張　：我七點來（學校）。川口同學呢？
川口：我也是七點左右來（學校）。張同學平常都是怎麼來的呢？
張　：我平常都是搭電車來的。川口同學也是搭電車來的吧！
川口：不，我是搭公車來的喔。

読み物

今年　二十二歳の　勝彦さんは　去年　商科大学を　卒業しました。今　ある貿易会社の　社員です。勝彦さんの　家は　郊外に　あります。毎朝　六時半に　起きます。そして、八時に　バスで　会社へ　行きます。会社は　午前九時から　午後　六時までです。ときどき　夜も　九時まで　残業します。仕事は　とても　忙しいです。

今年二十二歲的勝彥去年從商科大學畢業，現在是一家貿易公司的職員。勝彥的家在郊外，每天早上六點半起床；然後八點搭公車去上班。公司（上班的時間）從上午九點到下午六點。有時晚上加班到九點，工作非常忙碌。

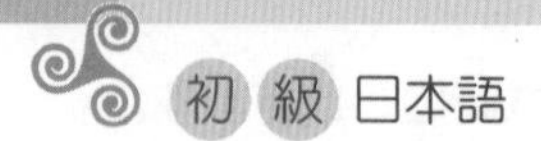

說　明

1. 表「移動性的動詞」常見的有「行(い)く」、「来(く)る」、「帰(かえ)る」等。

2. 與「移動性的動詞」一起出現的有「へ」、「から」等格助詞。

3. 本課出現的動詞係承接前一課「五段動詞」之後的「上一段動詞」、「下一段動詞」和「カ行變格動詞」為主。「上一段動詞」和「下一段動詞」的變化完全相同。變化如次：

	V1	V2	V3	V4	V5	V6	V7
上一段動詞	起(お)き	起(お)き	起(お)きる	起(お)きる	起(お)きれ	起(お)きろ	起(お)き
下一段動詞	寝(ね)	寝(ね)	寝(ね)る	寝(ね)る	寝(ね)れ	寝(ね)ろ	寝(ね)
接　續	ない	ます	。	N	ば	。	よう

	上一段動詞	下一段動詞	接　續
第一變化（否定形）	起(お)き	寝(ね)	ない
第二變化（連用形）	起(お)き	寝(ね)	ます
第三變化（終止形）	起(お)きる	寝(ね)る	。
第四變化（連体形）	起(お)きる	寝(ね)る	N
第五變化（假定形）	起(お)きれ	寝(ね)れ	ば
第六變化（命令形）	起(お)きろ	寝(ね)ろ	。
第七變化（意量形）	起(お)き	寝(ね)	よう

「カ行變格動詞」的變化也可表列如下：

	V1	V2	V3	V4	V5	V6	V7
カ行變格動詞	来	来	来る	来る	来れ	来い	来
接　續	ない	ます	。	N	ば	。	よう

	上一段動詞	接　續
第一變化（否定形）	来	ない
第二變化（連用形）	来	ます
第三變化（終止形）	来る	。
第四變化（連体形）	来る	N
第五變化（假定形）	来れ	ば
第六變化（命令形）	来い	。
第七變化（意量形）	来	よう

本課的重點在第二變化（連用形）。

4. 「へ」和「から」都是格助詞。「へ」表移動的「方向」；「から」表動作的「起點時間」或「起點場所」。

例

学校へ　行く　（去學校。）
日本へ　行く　（去日本。）
家へ　帰る　（回家。）
家から　来る　（從家裡來。）
台南から　来る　（從台南來。）
朝から　働く　（從早上開始工作。）
四月から　学校が　始まる　（四月開學。）

5. 本課使用的動詞著重在「五段動詞」之外的「上一段動詞」、「下一段動詞」和「カ行變格動詞」。本課的文法是銜接第八課「五段動詞」、「サ行變格動詞」之後的「上一段動詞」、「下一段動詞」和「カ行變格動詞」。區別的方式有：

(1) 上一段動詞：動詞語尾有「る」，而「る」的前一個音，帶/～ i/的母音者爲「上一段動詞」。

起(お)きる／見(み)る／着(き)る／落(お)ちる／降(お)りる

(2) 下一段動詞：動詞語尾有「る」，而「る」的前一個音，帶/～ e/的母音者爲「下一段動詞」。

食(た)べる／考(かんが)える／掛(か)ける／寝(ね)る／始(はじ)める

(3) カ行變格動詞：與「サ行變格動詞」同爲五類動詞變化中的例外動詞；而「カ行變格動詞」與「サ行變格動詞」都只有一個動詞。

来(く)る

6.「に」是格助詞：接在時間名詞之後，表動作的「時間」。

（參照L8 說明）

何時(なんじ)に　起(お)きますか。（幾點起床呢？）
六時(ろくじ)に　起(お)きます。（六點起床。）
何時(なんじ)に　寝(ね)ますか。（幾點就寢呢？）
十二時(じゅうにじ)に　寝(ね)ます。（十二點就寢。）
毎朝(まいあさ)　八時(はちじ)に　会社(かいしゃ)へ　行(い)きます。（每天早上八點上班。）
日曜日(にちようび)に　学校(がっこう)へ　行(い)きません。（星期天不上學。）

7. 「で」是格助詞。在本課有兩個用法：

(1) 接在場所名詞之後，表動態動作的「場所」。（參照L8 說明）

学校で　日本語を　習います。　（在學校學日語。）
本屋で　本を　買います。　（在書店買書。）
工場で　働きます。　（在工廠工作。）
運動場で　運動します。　（在運動場運動。）

(2) 接在工具名詞之後，則表動作的「材料、方法、手段」。（參照L8 說明）

バスで　学校へ　行きます。　（搭公車上學。）
電車で　家へ　帰ります。　（搭電車回家。）
鉛筆で　手紙を　書きます。　（用鉛筆寫信。）
魚で　料理を　作ります。　（用魚作菜。）
日本語で　答えます。　（用日語回答。）
電話で　連絡します。　（用電話連絡。）

8. 日語家族的稱謂有兩種，是根據「敬稱」或「謙稱」來區分。凡是對外人談及自己的家人時均用謙稱；反之，與外人談及對方的家人時均用敬稱。

常見的家族的稱謂有：

	敬　稱	謙　稱
伯父、叔父	おじさん	おじ
伯母、嬸嬸	おばさん	おば
父親	おとうさん	ちち
母親	おかあさん	はは
哥哥	おにいさん	あに
姊姊	おねえさん	あね
弟弟	おとうとさん	おとうと
妹妹	いもうとさん	いもうと

お父(とう)さんは　家(うち)に　いますか。　（令尊在家嗎？）
父(ちち)は　家(うち)に　いません。　（父不在家。）
お兄(にい)さんは　今年(ことし)　何才(なんさい)ですか。　（令兄今年幾歲呢？）
兄(あに)は　今年(ことし)　二十歳(はたち)です。　（家兄今年二十歲。）

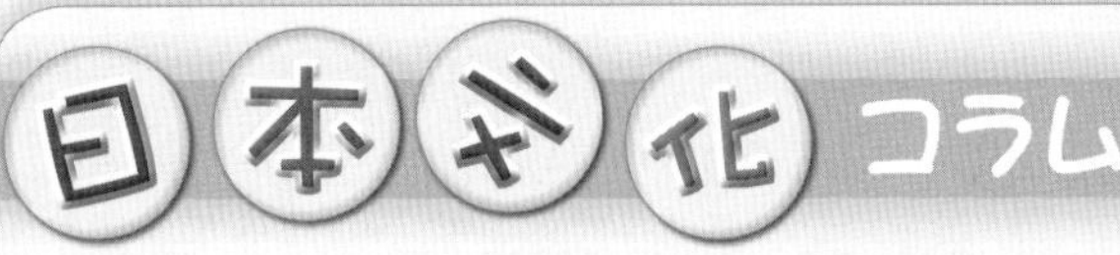

情人節（バレンタインデー）

每年的二月十四日原來是紀念基督教徒聖·范倫泰（St. Valentine）殉教的日子。現在在日本，這一天已經成爲女生主動向心儀的男生表達愛慕的日子。

在巧克力商的大力鼓吹之下，情人節當天，女生主動送巧克力給愛慕的男生，已經成爲日本情人節固定的模式。而送出的巧克力還可以分「本命（ほんめい）チョコ」和「義理（ぎり）チョコ」兩種。「本命チョコ」是送給心儀的白馬王子；「義理チョコ」則是送給沒有涉及情感的對象，主要的目的是安慰對方。而在情人節時收到多少份女生送的巧克力，也是男生互相炫耀的話題之一。

1. 請選出正確的讀音。

(1) ____郊外　①こがい　②ごかい　③こうがい　④こうかい

(2) ____残業　①ざんぎょう　②ざぎょう　③さんぎょう　④さんきょう

(3) ____卒業　①そうつぎょう　②そつぎょう　③そんぎょう　④そうきょう

(4) ____本屋　①もとおく　②きや　③ほんおく　④ほんや

(5) ____弁当　①べんどん　②べんとう　③べんとん　④べんと

(6) ____二十歳　①にじゅうさい　②はたち　③はつか　④はたつ

(7) ____仕事　①しごと　②しこと　③しこど　④じこと

(8) ____魚　①いぬ　②ぬこ　③さかな　④さしみ

(9) ____今年　①こうねん　②いま　③きんねん　④ことし

(10) ____夜　①やる　②ゆる　③とる　④よる

2. 請填入適當的助詞。

(1) 私(わたし)は　毎朝(まいあさ)　六時(ろくじ)＿＿＿＿＿起(お)きます。

(2) あなたは　毎晩(まいばん)　何時(なんじ)＿＿＿＿＿寝(ね)ますか。

(3) 私(わたし)は　毎晩(まいばん)　十一時(じゅういちじ)＿＿＿＿＿寝(ね)ます。

(4) 私(わたし)は　毎日(まいにち)　教室(きょうしつ)＿＿＿＿＿弁当(べんとう)＿＿＿＿＿食(た)べます。

(5) 山田先生(やまだせんせい)＿＿＿＿＿毎朝(まいあさ)　バス＿＿＿＿＿会社(かいしゃ)＿＿＿＿＿行(い)きます。

(6) あなたは　毎日(まいにち)　何時(なんじ)＿＿＿＿＿家(うち)＿＿＿＿＿帰(かえ)ります＿＿＿＿＿。

3. 請寫出正確的用字。

	尊敬語	謙讓語
(1)	お父(とう)さん	(　　　)
(2)	(　　　)	母
(3)	お兄(にい)さん	(　　　)
(4)	(　　　)	姉(あね)
(5)	弟(おとうと)さん	(　　　)
(6)	(　　　)	妹(いもうと)

4. 請區分下列的動詞類型為何（五段、上一段、下一段、サ行、カ行動詞）。

例	行(い)く	（ 五段動詞 ）	(10)	帰(かえ)る	（　　　）
(1)	話(はな)す	（　　　）	(11)	入(はい)る	（　　　）
(2)	待(ま)つ	（　　　）	(12)	見(み)る	（　　　）
(3)	飲(の)む	（　　　）	(13)	書(か)く	（　　　）
(4)	始(はじ)まる	（　　　）	(14)	読(よ)む	（　　　）
(5)	分(わ)かる	（　　　）	(15)	食(た)べる	（　　　）
(6)	遅(おく)れる	（　　　）	(16)	寝(ね)る	（　　　）
(7)	来(く)る	（　　　）	(17)	する	（　　　）
(8)	起(お)きる	（　　　）	(18)	立(た)てる	（　　　）
(9)	掛(か)ける	（　　　）	(19)	死(し)ぬ	（　　　）

5. 請將下列動詞改為「ます」型。

(1) 買(か)う　(　　　　　)
(2) 死(し)ぬ　(　　　　　)
(3) 帰(かえ)る　(　　　　　)
(4) 見(み)る　(　　　　　)
(5) 着(き)る　(　　　　　)
(6) 休(やす)む　(　　　　　)
(7) 来(く)る　(　　　　　)
(8) 待(ま)つ　(　　　　　)
(9) 泳(およ)ぐ　(　　　　　)
(10) 思(おも)う　(　　　　　)
(11) 掛(か)ける　(　　　　　)
(12) 脱(ぬ)ぐ　(　　　　　)
(13) 働(はたら)く　(　　　　　)
(14) 乗(の)る　(　　　　　)
(15) 降(お)りる　(　　　　　)
(16) 答(こた)える　(　　　　　)
(17) 勉強(べんきょう)する　(　　　　　)
(18) 入(はい)る　(　　　　　)
(19) 遊(あそ)ぶ　(　　　　　)
(20) 話(はな)す　(　　　　　)

10

いっしょに　野球（やきゅう）を　やりませんか。

学習ポイント

1. 「動詞」意志的表達
2. 「動詞」邀約的表達
3. 年／月／日／星期的表達

語彙

CD 2-17

1.	いつ		【名詞】	什麼時候
2.	うおざ	魚座	【名詞】	雙魚座
3.	えいが	映画	【名詞】	電影
4.	おじょうさん	お嬢さん	【名詞】	小姐／姑娘
5.	かんせん	観戦	【名詞】	看球賽
6.	くがつ	九月	【名詞】	九月
7.	クラブ	club	【名詞】	社團
8.	けつえきがた	血液型	【名詞】	血型
9.	ごよう	ご用	【名詞】	有事
10.	さんがつ	三月	【名詞】	三月
11.	しあい	試合	【名詞】	比賽
12.	じどうはんばいき	自動販売機	【名詞】	自動販賣機
13.	しゅみ	趣味	【名詞】	嗜好
14.	スポーツ	sports	【名詞】	運動
15.	せいざ	星座	【名詞】	星座
16.	たんじょうび	誕生日	【名詞】	生日
17.	ちゃわんむし	茶碗蒸し	【名詞】	茶碗蒸
18.	とくいりょうり	得意料理	【名詞】	拿手菜
19.	ドーム	dome	【名詞】	巨蛋
20.	トム・クルーズ	Tom Cruise	【名詞】	湯姆克魯斯
21.	どようび	土曜日	【名詞】	星期六
22.	にゅうがく	入学	【名詞】	入學
23.	びじん	美人	【名詞】	美女

24. ファン	fan	【名詞】	影迷／歌迷／粉絲
25. ブス		【名詞】	醜女（恐龍妹）
26. ぼく	僕	【名詞】	我（男生用）
27. みっか	三日	【名詞】	三號／初三
28. モール	mall	【名詞】	大型購物中心
29. やきゅう	野球	【名詞】	棒球
30. やきゅうぶ	野球部	【名詞】	棒球社
31. ラスト・サムライ	THE LAST SAMURAI	【名詞】	末代武士（電影名）
32. ラッキー・カラー	lucky color	【名詞】	幸運色彩
33. ラッキー・ナンバー	lucky number	【名詞】	幸運號碼
34. れんしゅう	練習	【名詞】	練習
35. つきあう	付き合う	【五段動詞】	交往
36. やる		【五段動詞】	做
37. みる	見る	【上一段動詞】	看
38. うまれる	生まれる	【下一段動詞】	出生
39. つかれる	疲れる	【下一段動詞】	累／疲倦
40. ひま	暇(だ)	【形容動詞】	空閒
41. ほがらか	朗らか(だ)	【形容動詞】	開朗
42. いっしょに	一緒に	【副詞】	一起

文型

CD 2-18

1. あの　公園(こうえん)で　休(やす)みましょう。

……ええ、いいですね。

1. 在那座公園歇會兒吧。

……嗯！好啊！

2. いっしょに　コーヒーを　飲(の)みませんか。

……ええ、飲(の)みましょう。

2. 一起喝咖啡好嗎？

……嗯！喝吧！

3. 日曜日(にちようび)に　何(なに)を　しましたか。

……スポーツを　しました。それから、勉強(べんきょう)しました。

3. 星期天做了什麼事？

……做運動。然後，做功課。

4. お誕生日(たんじょうび)は　いつですか。

……一九八四年(せんきゅうひゃくはちじゅうよねん)、三月三日(さんがつみっか)です。

4. 您生日是什麼時候？

……１９８４年3月3日。

5. 試合(しあい)は　いつから　ですか。

……土曜日(どようび)から　です。

5. 比賽什麼時候開始？

……星期六開始。

会話一

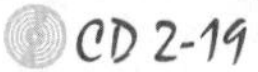

町（まち）で

松岡（まつおか）：ちょっと 疲（つか）れましたね。

石原（いしはら）：じゃ、あの 公園（こうえん）で 休（やす）みましょう。

松岡（まつおか）：ええ、いいですね。

石原（いしはら）：ほら、あそこに 自動販売機（じどうはんばいき）が ありますよ。

　　　飲（の）み物（もの）を 飲（の）みませんか。

松岡（まつおか）：ええ、いいですね。

石原（いしはら）：何（なに）を 飲（の）みますか。

松岡（まつおか）：コーヒーを お願（ねが）いします。

在街上

松岡：有點兒累了喔！

石原：那麼，在那座公園歇會兒吧！

松岡：好啊！

石原：你看！那裡有自動販賣機。要不要喝飲料？

松岡：好呀！

石原：要喝什麼呢？

松岡：麻煩給我咖啡。

会話二

学校(がっこう)で

秋山(あきやま)：明日(あした)　お暇(ひま)ですか。

馬場(ばば)：ええ、暇(ひま)ですけど、何(なん)ですか。

秋山(あきやま)：いっしょに　映画(えいが)を　見(み)ませんか。

馬場(ばば)：いいですね。どんな　映画(えいが)ですか。

秋山(あきやま)：トム・クルーズの　「ラスト・サムライ」です。

馬場(ばば)：素敵(すてき)ですね。私(わたし)は　トム・クルーズの　ファンです。

秋山(あきやま)：映画(えいが)は　午前(ごぜん)　十一時(じゅういちじ)からです。どこで　会(あ)いましょうか。

馬場(ばば)：じゃ、午前(ごぜん)　十時(じゅうじ)に　台北１０１(タイペーワンオーワン)モールの　前(まえ)で　会(あ)いましょう。

在學校

秋山：明天有空嗎？

馬場：嗯，有空啊！有什麼事嗎？

秋山：一起看電影好嗎？

馬場：好啊！看哪一部電影呢？

秋山：湯姆克魯斯的「末代武士」。

馬場：好棒喔！我是湯姆克魯斯的影迷。

秋山：電影上午十一時開始。在那裡見面呢？

馬場：那麼，上午十點在台北１０１前面見吧！

読み物一

尋找真心人

姓名：桃子
生日：1984.03.03
星座：雙魚

我叫桃子
各位和我交個朋友好嗎？

私は 桃子です。一九八四年、三月三日、土曜日に 生まれました。星座は 魚座で、血液型は B型です。ラッキーナンバーは 六で、ラッキーカラーは 青です。私は 美人では ありませんが、ブスでも ないです。趣味は 料理で、得意料理は 茶碗蒸しです。皆さん、私と 付き合いませんか。

我叫做桃子。１９８４年3月3日，星期六出生。星座是雙魚座，血型是B型。幸運數字是6，幸運色彩是藍色。我雖不是美女，但也不是醜八怪。嗜好是烹飪，拿手菜是茶碗蒸。各位，跟我做朋友好嗎？

読み物二

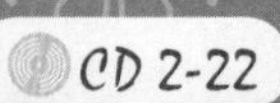

我叫小健
我星期日有個棒球比賽，各位一起來幫我加油好嗎？

僕は　健です。去年の　九月に　入学しました。専攻は　国際貿易です。趣味は　スポーツで、現在　野球部に　所屬しています。月水金の　午後、野球の　練習を　しています。日曜日に　ドームで　野球の　試合が　あります。試合は　午後　二時からです。皆さん、スポーツ観戦しませんか。いっしょに野球を　やりませんか。

我叫小健。去年九月入學，專攻國際貿易。嗜好是運動，現在是棒球社社員。星期一、三、五的下午練習棒球。星期天在巨蛋球場有棒球比賽，比賽從下午兩點開始。各位，要不要看球賽？一起打棒球好嗎？

說 明

本單元學習「動詞」的「意志」與「邀約」的表達。

1. 「動詞」意志與勸誘的表達

說話者表示要做某事時，「動詞」一般用「ます」型即可。但如果有強烈的意志，要將「ます」型改成「ましょう」來表達，表示「我要做，希望你也跟我一起做！」，有勸誘的意思。舉例如下：

原形動詞	ます	ましょう
行（い）く	行（い）きます	行（い）きましょう
泳（およ）ぐ	泳（およ）ぎます	泳（およ）ぎましょう
話（はな）す	話（はな）します	話（はな）しましょう
待（ま）つ	待（ま）ちます	待（ま）ちましょう
死（し）ぬ	死（し）にます	死（し）にましょう
遊（あそ）ぶ	遊（あそ）びます	遊（あそ）びましょう
飲（の）む	飲（の）みます	飲（の）みましょう
帰（かえ）る	帰（かえ）ります	帰（かえ）りましょう
買（か）う	買（か）います	買（か）いましょう
見（み）る	見（み）ます	見（み）ましょう
起（お）きる	起（お）きます	起（お）きましょう
寝（ね）る	寝（ね）ます	寝（ね）ましょう
来（く）る	来（き）ます	来（き）ましょう
する	します	しましょう

表「勸誘」時，可與副詞「いっしょに」併用，舉例如下：

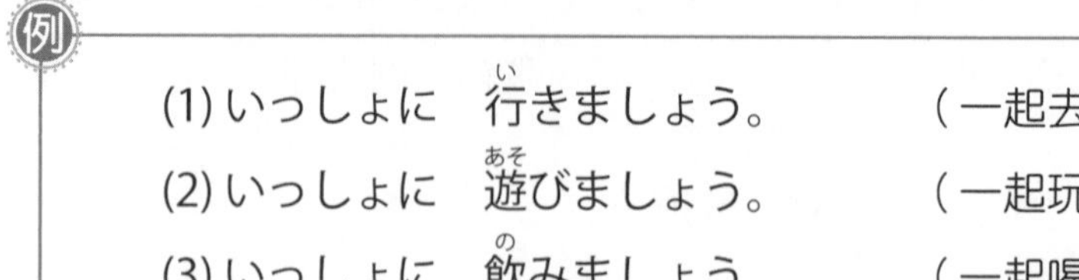

例

(1) いっしょに　行(い)きましょう。　（一起去吧！）

(2) いっしょに　遊(あそ)びましょう。　（一起玩吧！）

(3) いっしょに　飲(の)みましょう　（一起喝吧！）

(4) いっしょに　帰(かえ)りましょう。　（一起回家吧！）

(5) いっしょに　見(み)ましょう。　（一起看吧！）

(6) いっしょに　勉強(べんきょう)しましょう。　（一起做功課吧！）

2. 「動詞」邀約的表達

「ましょう」表「勸誘」，是站在說話者的立場，主觀表示「我要做，希望你也跟我一起做！」；而反問語氣的「ませんか」表「邀約」，是站在對方的立場，客觀地察顏觀色，徵求對方的首肯，語氣較客套。舉例如下：

原形動詞	ます	ませんか
行く	行きます	行きませんか
泳ぐ	泳ぎます	泳ぎませんか
話す	話します	話しませんか
待つ	待ちます	待ちませんか
死ぬ	死にます	死にませんか
遊ぶ	遊びます	遊びませんか
飲む	飲みます	飲みませんか
帰る	帰ります	帰りませんか
買う	買います	買いませんか
見る	見ます	見ませんか
起きる	起きます	起きませんか
寝る	寝ます	寝ませんか
来る	来ます	来ませんか
する	します	しませんか

表「邀約」時，亦常與副詞「いっしょに」併用，舉例如下：

(1) いっしょに　公園へ　行きませんか。（一起去公園好嗎？）

(2) いっしょに　コーヒーを　飲みませんか。

（一起喝咖啡好嗎？）

(3) いっしょに　家へ　帰りませんか。　（一起回家好嗎？）

3. 日期的唸法

一個月中一號到三十一號的唸法，請參照下表。一號到十號，是從「和算」中的字根演變而來的，唯獨「一號」叫「ついたち」，爲什麼呢？因爲從前是用「陰曆」，依月亮的陰晴圓缺來記錄日期。十五日「望」，初一日「朔」。「ついたち」是「月立ち（つきたち）」→tsukitachi→tsuitachi，子音〔k〕脫落的音韻現象。

「一日」也可以唸成「いちにち」，是「一天」的意思，跟「ついたち」的「一號」是不一樣的。

十一號以上除了「十四、二十、二十四」以外，全是「漢算」。參照如下表：

ひと 一つ	ついたち 一日	じゅういちにち 十一日	にじゅういちにち 二十一日
ふた 二つ	ふつか 二日	じゅうににち 十二日	にじゅうににち 二十二日
みっ 三つ	みっか 三日	じゅうさんにち 十三日	にじゅうさんにち 二十三日
よっ 四つ	よっか 四日	じゅうよっか 十四日	にじゅうよっか 二十四日
いつ 五つ	いつか 五日	じゅうごにち 十五日	にじゅうごにち 二十五日
むっ 六つ	むいか 六日	じゅうろくにち 十六日	にじゅうろくにち 二十六日
なな 七つ	なのか 七日	じゅうしちにち 十七日	にじゅうしちにち 二十七日
やっ 八つ	ようか 八日	じゅうはちにち 十八日	にじゅうはちにち 二十八日
ここの 九つ	ここのか 九日	じゅうくにち 十九日	にじゅうくにち 二十九日
とお 十	とおか 十日	はつか 二十日	さんじゅうにち 三十日
			さんじゅういちにち 三十一日

4. 年、月、星期的唸法

參照如下表：

ねん	がつ	ようび
一年（いちねん）	一月（いちがつ）	日曜日（にちようび）
二年（にねん）	二月（にがつ）	月曜日（げつようび）
三年（さんねん）	三月（さんがつ）	火曜日（かようび）
四年（よねん）	四月（しがつ）	水曜日（すいようび）
五年（ごねん）	五月（ごがつ）	木曜日（もくようび）
六年（ろくねん）	六月（ろくがつ）	金曜日（きんようび）
七年（しちねん）	七月（しちがつ）	土曜日（どようび）
八年（はちねん）	八月（はちがつ）	
九年（きゅうねん）	九月（くがつ）	
十年（じゅうねん）	十月（じゅうがつ）	
	十一月（じゅういちがつ）	
	十二月（じゅうにがつ）	
何年（なんねん）	何月（なんがつ）	何曜日（なんようび）

➲ 註：「四月（しがつ）、七月（しちがつ）、九月（くがつ）」為專有讀法，不可讀成「四月（よんがつ）、七月（なながつ）、九月（きゅうがつ）」。

星期一、三、五唸「月水金（げっすいきん）」，星期二、四唸「火木（かもく）」，星期六、日唸「土日（どにち）」，用法舉例如下：

(1) 月水金（げっすいきん）の　午後（ごご）、スポーツを　します。
（星期一、三、五下午做運動。）

(2) 火木（かもく）の　夜（よる）、アルバイトを　します。
（星期二、四晚上打工。）

(3) 土日（どにち）は　休（やす）みです。（星期六、日放假。）

5. 表時間的格助詞「に」

格助詞「に」，表動作施行的時點，接在「年／月／日／星期／時／分」等時間詞後。

(1) 六時(ろくじ)に　起(お)きます。　（六點起床。）

(2) 十時(じゅうじ)に　寝(ね)ます。　（十點睡覺。）

(3) 日曜日(にちようび)に　行(い)きます。　（星期天會去。）

(4) 日本(にほん)の　学校(がっこう)は　四月(しがつ)に　始(はじ)まります。
（日本的學校在四月份開學。）

(5) 試験(しけん)は　三時二十分(さんじにじゅっぷん)に　終(お)わります。
（考試在三點二十分結束。）

(6) 私(わたし)は　七月四日(しちがつよっか)に　生(う)まれました。
（我在七月四號出生。）

但並非所有的時間都要接助詞「に」。有「現在／過去／未來」一組的相對時間，及加上「每」的時間都不用加「に」。請參考下表及實例：

	日	週	月	年
現在	今日(きょう)	今週(こんしゅう)	今月(こんげつ)	今年(ことし)
未来	明日(あした)	来週(らいしゅう)	来月(らいげつ)	来年(らいねん)
	明後日(あさって)	再来週(さらいしゅう)	再来月(さらいげつ)	再来年(さらいねん)
過去	昨日(きのう)	先週(せんしゅう)	先月(せんげつ)	去年(きょねん)
	一昨日(おととい)	先先週(せんせんしゅう)	先先月(せんせんげつ)	昨年(おととし)
毎	毎日(まいにち)	毎週(まいしゅう)	毎月(まいげつ)・毎月(まいつき)	毎年(まいねん)

(1) 明日(あした) 東京(とうきょう)へ 行(い)きます。 （明天要去東京。）
(2) 毎日(まいにち) 運動(うんどう)します。 （每天做運動。）
(3) 今晩(こんばん) 映画(えいが)を 見(み)ます。 （今晚要看電影。）
(4) 今年(ことし) 結婚(けっこん)します。 （今年要結婚。）
(5) 来週(らいしゅう) 国(くに)へ 帰(かえ)ります。 （下星期要回國。）

6. 十二個星座的唸法

西洋占星學中十二個星座的符號、日期及唸法如下：

牡羊座(おひつじざ)
03/21～04/20

牡牛座(おうしざ)
04/21～05/20

双子座(ふたござ)
05/21～06/21

蟹座(かにざ)
06/22～07/22

獅子座(ししざ)
07/23～08/22

乙女座(おとめざ)
08/23～09/22

天秤座(てんびんざ)
09/23～10/22

蠍座(さそりざ)
10/23～11/21

射手座(いてざ)
11/22～12/21

山羊座(やぎざ)
12/22～01/19

水瓶座(みずがめざ)
01/20～02/19

魚座(うおざ)
02/20～03/20

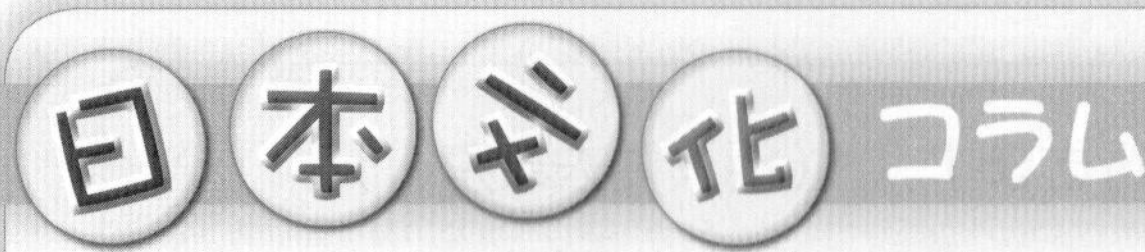

藝妓

日本藝妓產生於17世紀的東京和大阪，至今已有三百多年的歷史。在豪華的茶肆酒樓和隱密的日本料亭中，專爲日本上層社會中的達官顯貴、富商闊佬們服務。華麗考究的和服、精心修飾的面龐、彬彬有理的舉止是她們的標誌。在19世紀藝妓的全盛時期，她們是時裝的典範、潮流的領導者。

藝妓，意味著以藝術爲生。每個藝妓要經過嚴格的訓練，學習茶道、書法、樂器、舞蹈、禮節等等。舞蹈是她們向大眾展現才華的最佳形式。

藝妓身著和服，與一般日本婦女最大不同的是：尋常婦女的和服後領很高，把脖頸遮得嚴嚴實實；藝妓們的和服脖領卻開得很大，露出塗著一層厚厚白色脂粉的脖頸。據說，藝妓的脖頸是最能撩撥日本男人的地方。

日本全國現有的藝妓只剩數百人。批評者說：藝妓的存在是一個時代錯誤，她是男權至上的時代產物，是對女權的漠視；支持者說：作爲日本的一種傳統文化，藝妓應得到妥善的保存。

1. 請選出正確的漢字。

(1) ____えいが　①絵画　②油絵　③映画　④映像

(2) ____うおざ　①牡羊座　②蟹座　③蠍座　④魚座

(3) ____せいざ　①試合　②趣味　③美人　④星座

(4) ____やきゅう　①野郎　②野球　③野人　④野蛮

(5) ____かんせん　①完成　②完全　③観賞　④観戦

(6) ____さんがつ　①三時　②三日　③三月　④三年

(7) ____れんしゅう　①練習　②恋愛　③実習　④研修

(8) ____にゅうがく　①進学　②入学　③入院　④入隊

(9) ____どようび　①土曜日　②月曜日　③日曜日　④火曜日

(10) ____たんじょうび　①記念日　②給料日　③誕生日　④発行日

2. 請將下列各字翻譯成中文。

(1) ブス ____________

(2) クラブ ____________

(3) ファン ____________

(4) ドーム ____________

(5) モール ____________

(6) カラー ____________

(7) ラッキー ____________

(8) ナンバー ____________

(9) スポーツ ____________

(10) サムライ ____________

3. 請將下列各句翻譯成中文。

(1) あした　おひまですか。

→ ____________________

(2) しあいは　どようびからです。

→ ____________________

(3) おたんじょうびは　いつですか。

→ ____________________

(4) あの　こうえんで　やすみましょう。

→ ____________________

(5) ぼくの　せんこうは　こくさいぼうえきです。

→ ____________________

(6) わたしの　とくいりょうりは　ちゃわんむしです。

→ ____________________

(7) あそこに　じどうはんばいきが　あります。

→ ____________________

(8) いっしょに　コーヒーを　のみませんか。

→ ____________________

(9) ぼくは　やきゅうぶに　はいりました。

→ ____________________

(10) やきゅうの　れんしゅうは　げっすいきんの　ごごです。

→ ____________________

4. 請在空白處填入正確的用法。

	動詞	ます	ません	ましょう
1.	行（い）く	行（い）きます		行（い）きましょう
2.	帰（かえ）る		帰（かえ）りません	
3.		食（た）べます		食（た）べましょう
4.			寝（ね）ません	
5.	起（お）きる			起（お）きましょう
6.		見（み）ます		
7.	飲（の）む	飲（の）みます		
8.			撮（と）りません	
9.				買（か）いましょう
10.		入（はい）ります		
11.		します		
12.	来（く）る			

筆
記
欄

11

夏休(なつやす)みに　フランスへ　旅行(りょこう)に　行(い)きます。

学習ポイント

1. 延續第九課移動性動詞的學習
2. 加入表目的「に」的用法
3. 主要句型有二：① 動名詞＋に
   ② V2 ＋に

➲ 動名詞：表帶動作性的名詞

語　彙

CD 2-23

1. アフリカ　Africa　【名詞】　非洲
2. かいもの　買い物　【名詞】　購物
3. キャンプ　camp　【名詞】　露營
4. くうこう　空港　【名詞】　機場
5. けんか　喧嘩　【名詞】　吵嘴／打架
6 さくら　桜　【名詞】　櫻花
7. しめきり　締め切り　【名詞】　截止
8. しゃちょう　社長　【名詞】　董事長／老闆
9. しりょう　資料　【名詞】　資料
10. すいようび　水曜日　【名詞】　星期三
11. スーパー　supermarket　【名詞】　超級市場
12. せいもんちょう　西門町　【名詞】　西門町
13. つごう　都合　【名詞】　情形／狀況
14. つつじ　【名詞】　杜鵑花
15. ともだち　友達　【名詞】　朋友
16. なつやすみ　夏休み　【名詞】　暑假
17. にんき　人気　【名詞】　受歡迎
18. はなみ　花見　【名詞】　賞花
19. ほか　外　【名詞】　另外／別的
20. ようめいざん　陽明山　【名詞】　陽明山
21. ヨーロッパ　Europe　【名詞】　歐洲
22. らいげつ　来月　【名詞】　下個月
23. らいしゅう　来週　【名詞】　下週
24. りょうしん　両親　【名詞】　雙親

25. りゅうがく	留学	【名詞】	留學
26. おくる	送る	【五段動詞】	送／寄
27. かえす	返す	【五段動詞】	退還／送回
28. さく	咲く	【五段動詞】	(花)開
29. さがす	探す	【五段動詞】	找尋／尋找
30. みつかる	見つかる	【五段動詞】	找到
31. かりる	借りる	【上一段動詞】	借／租
32. いける	行ける	【下一段動詞】	能去
33. できる	出来る	【下一段動詞】	會／能
34. むかえる	迎える	【下一段動詞】	迎接
35. わかれる	別れる	【下一段動詞】	分開
36. うらやましい	羨ましい	【形容詞】	令人羨慕的
37. てきとう	適当(だ)	【形容動詞】	適當
38. いちばん	一番	【副詞】	最
39. おおぜい	大勢	【副詞】	很多(人)
40. きょねん	去年	【副詞・名詞】	去年

文型

CD 2-24

1. 私(わたし)は　夏休(なつやす)みに　フランスへ　旅行(りょこう)に　行(い)きます。

    1. 我暑假要去法國旅行。

2. 母(はは)は　スーパーへ　買(か)い物(もの)に　行(い)きます。

    2. 媽媽要去超市買東西。

3. 課長(かちょう)は　空港(くうこう)へ　社長(しゃちょう)を　迎(むか)えに　行(い)きます。

    3. 課長要去機場接社長。

4. 昨日(きのう)、花子(はなこ)さんは　友達(ともだち)と　一緒(いっしょ)に　陽明山(ようめいざん)へ　花見(はなみ)に　行(い)きました。

    4. 昨天花子小姐和朋友一起去陽明山賞花。

5. 妹(いもうと)は　来月(らいげつ)　アメリカへ　留学(りゅうがく)に　行(い)きます。

    5. 妹妹下個月要去美國留學。

6. あなたは　何(なに)を　しに（アフリカへ）　行(い)きますか。

    6. 你去（非洲）做什麼呢？

7. 私(わたし)は　仕事(しごと)を　探(さが)しに　行(い)きます。

    7. 我去找工作。

会話一

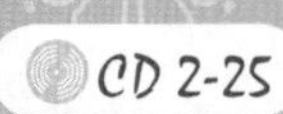

学校の庭で

尾崎：今度の　土曜日に　一緒に　「福隆」へ　キャンプに　行きませんか。
平井：今度の　土曜日ですか、ちょっと、都合が　悪いですね。
　　　実は、土曜日に　空港へ　両親を　迎えに　行くんです。
尾崎：それは　残念ですね。

在學校庭園內

尾崎：這個星期六要不要一塊兒去福隆露營呢？
平井：這個星期六呀？我有點兒不方便呢。
　　　因為星期六要去機場迎接雙親。
尾崎：好可惜呀！

会話二

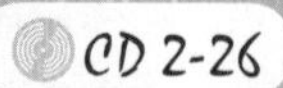

寮（りょう）で

西山（にしやま）：大久保先生（おおくぼせんせい）の　レポートは　もう　できましたか。
　　来週（らいしゅう）の　水曜日（すいようび）は　締（し）め切（き）りですよ。

尾崎（おざき）：まだなんです。昨日（きのう）　図書館（としょかん）へ　資料（しりょう）を　探（さが）しに　行（い）きましたが、適当（てきとう）な　ものが　見（み）つかりませんでした。今日（きょう）　また　外（ほか）の　図書館（としょかん）へ　資料（しりょう）を　探（さが）しに　行（い）きます。

西山（にしやま）：それは　大変（たいへん）ですね。

尾崎（おざき）：西山（にしやま）さんは　レポート　もう　できましたか。

西山（にしやま）：はい、もう　できましたよ。これから、映画（えいが）を　見（み）に　行（い）きます。

尾崎（おざき）：あ～、羨（うらや）ましいですね。

在宿舍內

西山：大久保老師的報告已經做好了嗎？下星期三就要截止了。

尾崎：還沒呢！昨天去圖書館找資料，但是沒找到適當的東西。今天還要去別的圖書館找資料。

西山：辛苦了。

尾崎：西山同學你做好了嗎？

西山：是啊！已經做好了。接著要去看電影。

尾崎：哇～，好羨慕呀！

読み物一

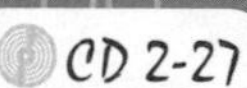

　陽明山は　台北市の　北に　あります。毎年の　三月ごろから　色々な花が　咲きます。とても　綺麗です。一番　人気が　あるのは　桜と　つつじです。三月の　土曜日か　日曜日には　花見に　行く人々が　大勢　います。いつも　交通が　渋滞　します。

　陽明山在台北市的北邊。每年三月左右開始開花，非常美麗。最受歡迎的花是櫻花和杜鵑花。三月的星期六或星期日有很多人去賞花，交通經常堵塞。

読み物二

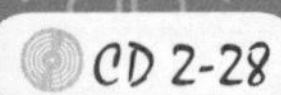

隣の　武雄さんは　去年大学を　卒業しました。武雄さんの　お母さんから　聞きました。今年　の秋、武雄さんが　アメリカへ　留学に　行きます。ですから、武雄さんは　毎日　図書館へ　勉強に　行きます。

隔壁的武雄去年大學畢業。聽武雄的媽媽說，今年秋天武雄要去美國留學。因此武雄每天都去圖書館唸書。

說　明

1. 本課是第九課的延伸，在「移動性動詞」中加入「目的」的用法，就形成本課的用法。通常表移動的目的句型有兩種：

(1) 動名詞＋に　行く

私は　夏休みに　フランスへ　旅行に　行きます。
（我暑假要去法國旅行。）
太郎は　図書館へ　勉強に　行きます。
（太郎要去圖書館做功課。）

而所謂的「動名詞」是指帶有動作性的名詞。如：

動名詞	動　詞
勉強	勉強する
旅行	旅行する
食事	食事する
散歩	散歩する
留学	留学する
買物	買物する
運動	運動する

(2) V2 ＋に　行く

私は　西門町へ　映画を　見に　行きます。
（我要去西門町看電影。）
太郎は　図書館へ　本を　借りに　行きます。
（太郎要去圖書館借書。）

V3	V2 ＋に
映画を見る	見に
本を借りる	借りに
本を返す	返しに
友達を迎える	迎えに
両親を送る	送りに
遊ぶ	遊びに

2. 只要充份掌握第九課的句型即可完全理解。簡單分解句型如下：

(1) N は N へ　行きます

(2) ① N は N へ　〔動名詞＋に〕　行きます

② N は N へ　〔 V2 ＋に〕　行きます

日本へ　行きます。　（要去日本。）

日本へ　留学に　行きます。　（要去日本留學。）

陽明山へ　行きます。　（要去陽明山。）

陽明山へ　花見に　行きます。　（要去陽明山賞花。）

図書館へ　行きます。　（要去圖書館。）

図書館へ　本を　借りに　行きます。

（要去圖書館借書。）

空港へ　行きます。　（要去機場。）

空港へ　友達を　迎えに　行きます。

（要去機場接朋友。）

3. 除了單純表示「去某處」或「去某處做某事」之外；也可加入「與某人」一起去或「與某人去某處」或「與某人去某處做某事」的表達法。這樣一來就可讓句子逐漸加長，變成比較複雜的句型。

例

日本（にほん）へ　行（い）きます。（要去日本。）

日本（にほん）へ　旅行（りょこう）に　行（い）きます。（要去日本旅行。）

両親（りょうしん）と　日本（にほん）へ　行（い）きます。（要與父母親去日本。）

両親（りょうしん）と　日本（にほん）へ　旅行（りょこう）に　行（い）きます。

（要與父母親去日本旅行。）

例

西門町（せいもんちょう）へ　行（い）きます。（要去西門町。）

西門町（せいもんちょう）へ　映画（えいが）を　見（み）に　行（い）きます。

（要去西門町看電影。）

友達（ともだち）と　西門町（せいもんちょう）へ　行（い）きます。（要與朋友去西門町。）

友達（ともだち）と　西門町（せいもんちょう）へ　映画（えいが）を　見（み）に　行（い）きます。

（要與朋友去西門町看電影。）

上述兩組表達中的「両親（りょうしん）と」與「友達（ともだち）と」的「と」是格助詞，表共同動作的對象。中文可翻譯成「與」、「和」、「跟」等意思。

花子（はなこ）さんと　結婚（けっこん）する。（跟花子結婚。）

友達（ともだち）と　喧嘩（けんか）する。（跟朋友吵架。）

先生（せんせい）と　会（あ）う。（跟老師見面。）

両親（りょうしん）と　話（はな）し合（あ）う。（跟雙親商談。）

恋人（こいびと）と　別（わか）れる。（跟愛人分手。）

通常表共同動作的對象「と」之後也可以加上一個副詞「一緒に」來表示「一起、一塊」的意思。

例

両親と　日本へ　行きます。
（要與父母親去日本。）
両親と　一緒に　日本へ　行きます。
（要與父母親一起去日本。）
両親と　日本へ　旅行に　行きます。
（要與父母親去日本旅行。）
両親と　一緒に　日本へ　旅行に　行きます。
（要與父母親一起去日本旅行。）

但是，「結婚する」、「喧嘩する」、「会う」、「話し合う」、「分かれる」等動詞本身動詞的詞意中就包含了對象的意涵，就不需要再加入「一緒に」了。

4. 本課只出現一個疑問句。事實上，只要插入「**何をする**」，均可用來質問對方去某處的目的。其中，為了與表目的的「に」連接，「**する**」的動詞部分就必需轉變為第二變化的「**し**」，因此就變成了「**何をしに**」。「**何をしに**」不僅可與「**行きますか**」一起表達；也可與「**来ますか**」一起表達。

公園へ　何を　しに　行きますか。
（去公園做什麼呢？）
ここへ　何を　しに　来ますか。
（來這裡做什麼呢？）

因此本課所有的「行きます」只要文意通順都可以改爲「来ます」。

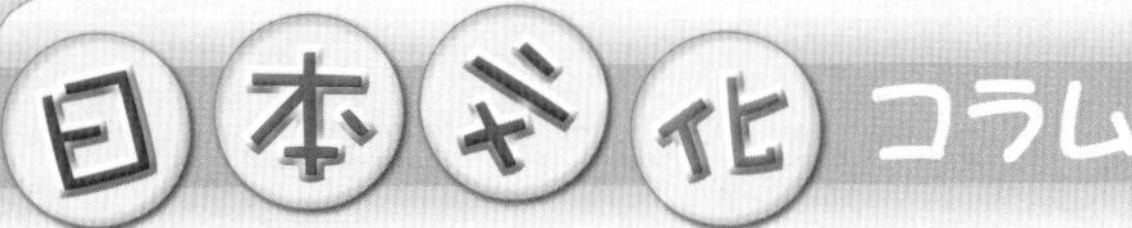

新年

日本人的新年過的是新曆年，而不是農曆年。一般的年假是從十二月二十八日開始，一直到隔年的一月三日爲止。

習慣上，從十二月二十八日到十二月三十一日的除夕夜爲止，大致是打掃和採買。傳統的除夕夜晚上要吃麵、玩紙牌，和看NHK轉播的紅白歌唱對抗賽。一直到凌晨聽完一百零八響的除夕鐘聲後，到居家附近的神社去參拜；許多著名的寺廟在年初一凌晨搶燒頭香的擁擠情況，可用萬頭攢動來形容。在燒完頭香天亮後，就可以到親戚朋友家拜年。

大人在過年期間不外乎互相拜年或到寺廟去參拜，小孩們則隨著大人到寺廟去參拜或玩拍毽子的遊戲。整體而言，日本人過年並不像國人大魚大肉般的吃。除了除夕吃麵之外，過年期間也吃年菜、喝屠蘇酒，但是並不奢侈。隨著經濟能力的提升，現在的日本人，過年期間則以海外旅遊爲時尚。

1. 請選出正確的發音。

(1) ＿＿旅行　①りょうこう　②りゅうこう　③りょこう　④りょうごう

(2) ＿＿友達　①どもだち　②ともだち　③どもたち　④ともたち

(3) ＿＿花見　①かみ　②はなみる　③はなみ　④かあみ

(4) ＿＿留学　①りゅうがく　②りゅうかく　③りょうかく　④りょうがく

(5) ＿＿土曜日　①どようび　②どうようび　③どうゆうび　④とゆうび

(6) ＿＿都合　①とごう　②とうこう　③つごう　④つうごう

(7) ＿＿残念　①さんにん　②ざんにん　③ざんにん　④ざんねん

(8) ＿＿来週　①らしゅう　②りゅうしゅう　③らいしゅう　④らいしょう

(9) ＿＿資料　①しいりょう　②しりょう　③しりゅう　④しいりゅう

(10) ＿＿適当　①てきとう　②てきどう　③てきとん　④てきどん

2. 請填入適當的助詞。

(1) 私は　夏休み（　　　）アメリカ（　　　）留学（　　　）行きます。

(2) 田中さんは　昨日　空港（　　　）友達（　　　）迎え（　　　）行きました。

(3) 来週　家族（　　　）一緒（　　　）陽明山（　　　）花見（　　　）行きます。

(4) 父は　毎日　仕事（　　　）探し（　　　）台北（　　　）行きます。

(5) 姉は　友達（　　　）図書館（　　　）本（　　　）借り（　　　）行きました。

(6) あの人は　何（　　　）し（　　　）来ますか。

(7) 晩御飯（　　　）後、父は　いつも　公園（　　　）散歩（　　　）行きます。

3. 請將下列場所連結上適當的動作。

(1) 図書館	・	・	A. 買(か)い物(もの)する
(2) 映画館	・	・	B. 友達(ともだち)を迎(むか)える
(3) 公園	・	・	C. 食事(しょくじ)する
(4) デパート	・	・	D. 切手(きって)を買(か)う
(5) 空港	・	・	E. 映画(えいが)を見(み)る
(6) 郵便局	・	・	F. 本(ほん)を借(か)りる
(7) 食堂	・	・	G. 散歩(さんぽ)する
(8) 外国	・	・	H. 旅行(りょこう)する

4. 利用第3大題的場所及動作，依例完成下列句子。

例 私(わたし)は アメリカへ 留学(りゅうがく)に 行(い)きます。

(1) → ________________

(2) → ________________

(3) → ________________

(4) → ________________

(5) → ________________

(6) → ________________

(7) → ________________

(8) → ________________

5. 請將下列句子翻譯成日文。

(1) 我要去餐廳用餐。

→ ______________________________

(2) 明天我要去機場接朋友。

→ ______________________________

(3) 上個星期天和家人一起去陽明山賞花。

→ ______________________________

(4) 爸爸去台北找工作。

→ ______________________________

(5) 暑假我要去美國旅行。

→ ______________________________

12

あなたは　パソコンが　ほしいですか。

学習ポイント

1. ～がほしい的用法
2. 希望助動詞～たい的用法
3. 接續助詞ながら的用法
4. 連體修飾句的用法

語彙

CD 2-29

1.	いけばな	生け花	【名詞】	插花
2.	いちねんせい	一年生	【名詞】	一年級學生
3.	いろ	色	【名詞】	顏色
4.	うた	歌	【名詞】	歌曲
5.	おふろ	お風呂	【名詞】	澡盆
6.	おんせん	温泉	【名詞】	溫泉
7.	きって	切手	【名詞】	郵票
8.	けいたい	携帯	【名詞】	手機
9.	ゲーム	game	【名詞】	電玩／遊戲
10.	こじん	個人	【名詞】	個人
11.	ゴルフ	golf	【名詞】	高爾夫
12.	さしみ	刺身	【名詞】	生魚片
13.	じゅうしょ	住所	【名詞】	住址
14.	しょうしゃ	商社	【名詞】	商社
15.	しょうらい	将来	【名詞】	將來
16.	すし	鮨／寿司	【名詞】	壽司
17.	たべもの	食べ物	【名詞】	食物
18.	データ	data	【名詞】	資料
19.	ところ	所	【名詞】	處所
20.	にほんりょうり	日本料理	【名詞】	日本料理
21.	バスケットボール	basketball	【名詞】	籃球
22.	パソコン	personal computer	【名詞】	個人電腦
23.	ビジネスマン	business man	【名詞】	企業家
24.	ビール	荷bier	【名詞】	啤酒

25.	メール	mail	【名詞】	電子郵件
26.	やまのぼり	山登り	【名詞】	登山
27.	つめたい	冷たい	【形容詞】	冰冷的
28.	ほしい	欲しい	【形容詞】	想要的／希望有的
29.	きらい	嫌い(だ)	【形容動詞】	討厭的
30.	だいすき	大好き(だ)	【形容動詞】	最喜歡
31.	りっぱ	立派(だ)	【形容動詞】	卓越的
32.	うたう	歌う	【五段動詞】	唱歌
33.	なる	成る	【五段動詞】	成爲
34.	あつめる	集める	【下一段動詞】	收集

文型

CD 2-30

1. あなたは　パソコンが　ほしいですか。

……はい、ほしいです。

……いいえ、ほしく　ないです。

> 1. 你想要個人電腦嗎?
>
> ……是的，我想要。
>
> ……不，我不想要。

2. 今(いま)、ほしい　ものが　ありますか。

……はい、あります。

……いいえ、ありません。

> 2. 現在，你有想要的東西嗎?
>
> ……是的，有。
>
> ……不，沒有。

3. あなたは　ドイツ語(ご)を　習(なら)いたいですか。

……はい、習(なら)いたいです。

……いいえ、習(なら)いたく　ないです。

> 3. 你想學德文嗎?
>
> ……是的，想學。
>
> ……不，不想學。

4. 小(ちい)さい時(とき)、何(なに)に　なりたかったですか。

……先生(せんせい)に　なりたかったです。

> 4. 小的時候，你想當什麼呢?
>
> ……我想當老師。

5. ご趣味は　何ですか。

……私の　趣味は　切手を　集める　ことです。

> 5. 您的興趣是什麼?
>
> ……我的興趣是收集郵票。

6. 私は　いつも　お風呂に　入りながら、歌を　歌います。

> 6. 我經常一面洗澡一面唱歌。

7. 私は　温泉に　入りながら　冷たい　ビールを　飲む　ことが　大好きです。

> 7. 我最喜歡一面泡溫泉，一面喝冰啤酒。

会話

喫茶店(きっさてん)で

竹野(たけの)：今(いま)　何(なに)か　ほしい　ものが　ありますか。

酒井(さかい)：ええ、ありますよ。車(くるま)が　ほしいです。

竹野(たけの)：やりたい　事(こと)は　何(なん)ですか。

酒井(さかい)：友達(ともだち)と　日本(にほん)へ　旅行(りょこう)に　行(い)きたいです。

在咖啡店

竹野：現在有沒有什麼想要的東西呢？

酒井：是啊，有啊！我想要車子。

竹野：想做的事是什麼呢？

酒井：和朋友去日本旅行。

読み物

私は　大学の　一年生です。毎日　大学で　日本語を　勉強します。私の　好きな　食べ物は　茶碗蒸しです。嫌いな　食べ物は　刺身です。趣味は旅行と　泳ぐことと　切手を　集めることです。今年の　夏休みに　友達と日本へ　旅行に　行きたいです。将来　日本の　商社で　働きたいです。そして、立派な　ビジネスマンに　なりたいです。

我是大學一年級的學生，每天在大學學日文。我喜歡的食物是茶碗蒸，討厭的食物是生魚片。興趣是旅行和游泳和收集郵票。今年的暑假我想和朋友去日本旅行。將來希望在日本商社上班，而且想成為一位卓越的企業家。

個人(こじん)データ（個人資料）

名前(なまえ)（姓名）：＿＿＿＿＿＿＿＿

住所(じゅうしょ)（住址）：＿＿＿＿＿＿＿＿

電話番号(でんわばんごう)（電話號碼）：＿＿＿＿＿＿＿＿

携帯(けいたい)（手機）：＿＿＿＿＿＿＿＿

E・メール（E-mail）：＿＿＿＿＿＿＿＿

Q1 好(す)きな物(もの)は　何(なん)ですか。（喜歡的東西是什麼？）

＿＿＿＿＿＿＿＿＿＿＿＿＿＿＿＿

好(す)きな食(た)べ物(もの)は　何(なん)ですか。（喜歡的食物是什麼？）

＿＿＿＿＿＿＿＿＿＿＿＿＿＿＿＿

好(す)きな色(いろ)は　何(なん)ですか。（喜歡的顏色是什麼？）

＿＿＿＿＿＿＿＿＿＿＿＿＿＿＿＿

Q2 今(いま)、とても　ほしい　物(もの)は　何(なん)ですか。

（現在非常想要的東西是什麼？）

＿＿＿＿＿＿＿＿です。（是＿＿＿＿＿）

Q3 今(いま)、会(あ)いたい　人(ひと)は　誰(だれ)ですか。（現在想見的人是誰？）

＿＿＿＿＿＿＿＿です。（是＿＿＿＿＿）

Q4 今(いま)、やりたい　事(こと)は　何(なん)ですか。（現在想做的事是什麼？）

＿＿＿＿＿＿＿＿です。（是＿＿＿＿＿）

Q5 今(いま)、行(い)きたい　所(ところ)は　ありませんか。どこですか。

（現在是否有想去的地方？是哪裡呢？）

はい、あります。＿＿＿＿＿＿＿＿です。（是的，有。是＿＿＿＿＿）

いいえ、ありません。今(いま)は　どこへも　行(い)きたく　ないです。

（不，沒有。現在哪裡都不想去。）

Q6 小(ちい)さい頃(ころ)の　夢(ゆめ)は　何(なん)ですか。（小時候的夢想是什麼？）

小(ちい)さい時(とき)に、＿＿＿＿＿＿＿＿に　なりたかったです。

（小時候的夢想是成為＿＿＿＿＿＿＿＿。）

說　明

1. 表示「希望」的說法，有兩種：

(1) …がほしい → 中文譯爲：「希望獲得……」→ 此爲物質的欲望。

常用的句型：A は B がほしいです。（A希望獲得B）

私（わたし）は　パソコンが　ほしいです。（我想要個人電腦。）
私（わたし）は　車（くるま）が　ほしいです。（我想要車子。）
私（わたし）は　お金（かね）が　ほしいです。（我想要錢。）
私（わたし）は　新（あたら）しい　かばんが　ほしいです。
（我想要新包包。）

(2) 動詞第二變化＋「たい」→ 中文譯爲：「希望做……」→ 此爲希望做動作。

希望助動詞：

第一人稱 は V2 たいです。

第二人稱 は V2 たいですか。

私（わたし）は　日本（にほん）へ　行（い）きたいです。（我想去日本。）
私（わたし）は　濱崎（はまざき）さんと　結婚（けっこん）したいです。
（我想和濱崎小姐結婚。）
私（わたし）は　フランス語（ご）を　習（なら）いたいです。（我想學法文。）
私（わたし）は　日本（にほん）の　映画（えいが）を　見（み）たいです。
（我想看日本電影。）
あなたは　すしを　食（た）べたいですか。（你想吃壽司嗎？）
あなたは　ビールを　飲（の）みたいか。（你想喝啤酒嗎？）

(3) 「たい」希望助動詞本身的語尾活用方式爲形容詞型。例如否定形爲「～たくない」，過去形爲「～たかった」。

小(ちい)さい時(とき)、何(なに)になりたかったですか。
（小時候，你想當什麼呢？）
……先生(せんせい)になりたかったです。（我想當老師。）

2. 「ながら」為接續助詞，通常前後接續兩個動詞。

「動詞第二變化＋ながら＋V」，表兩個動作的同時發生，「一面……一面……」。其中後面的動作爲主要動作。

お風呂(ふろ)に　入(はい)りながら、歌(うた)を　歌(うた)います。
(一面洗澡，一面唱歌。)
食事(しょくじ)を　しながら、テレビを　見(み)ます。
(一面吃飯，一面看電視。)

3. 連體修飾主要是用來修飾體言，添加體言外延意義。此階段的體言，多指名詞或形式名詞。在此先介紹以下四種用法：
(1) 形容詞終止形＋ N ／(2) 形容動詞連體形＋ N
(3) 動詞終止形＋ N ／(4) 動詞連用形＋助動詞連體形＋ N

(1) 形容詞連體形＋N

かわいい　女(おんな)の子(こ)　（可愛的女生）
おいしい　料理(りょうり)　（好吃的料理）

(2) 形容動詞連體形＋ N

立派(りっぱ)な　先生(せんせい)　（卓越的老師）

好(す)きな　食(た)べ物(もの)　（喜歡的食物）

(3) 動詞連體形＋ N

泳(およ)ぐ　こと　（游泳這件事）

行(い)く　ひと　（要去的人）

(4) 動詞連用形＋助動詞たい＋ N

行(い)きたい　人(ひと)　（想去的人）

買(か)いたい　もの　（想買的東西）

4. 當你詢問他人興趣時，可說：「ご趣味(しゅみ)は何(なん)ですか。」此時的「ご」為表「尊敬」的接頭語。多接在漢語類名詞之前。

ご家族(かぞく)　（您的家人）

ご趣味(しゅみ)　（您的興趣）

ご両親(りょうしん)　（您的父母）

5. 當你回答別人有關自己的興趣時，要留意興趣是名詞，非動作。因此當興趣牽涉動作時，一定要加上形式名詞「**こと**」。

例

私の　趣味は　旅行です。　　（我的興趣是旅行。）

私の　趣味は　小説を　読むことです。

（我的興趣是讀小說。）

常見的興趣項目	
テニス（網球）	野球（棒球）
バスケットボール（籃球）	ゴルフ（高爾夫）
料理（作菜）	旅行（旅行）
運動（運動）	生け花（插花）
山登り（登山）	ゲーム（電玩）
切手を集めること（收集郵票）	泳ぐこと（游泳）
歌うこと（唱歌）	絵を書くこと（畫畫）
小説を読むこと（看小說）	映画を見ること（看電影）

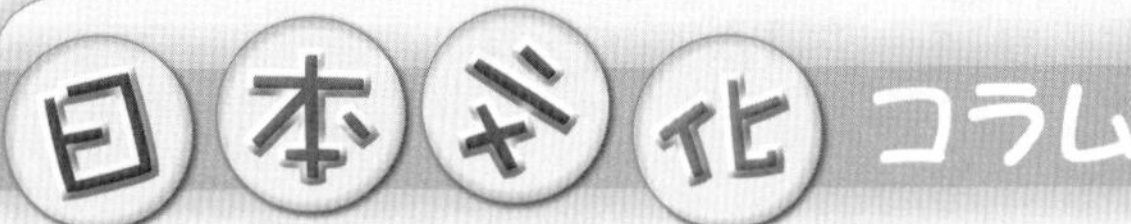

吉祥物（縁起物）

日本有許多融合了民間信仰、風水、佛教以及神道等宗教信仰而製作的吉祥物。其中最有名的應該是招財貓（招き猫）以及達摩（だるま）。

在台灣，許多店家在櫃台上擺的是招財貓，在日本則是達摩。達摩可分爲吉祥達摩及許願達摩兩種，除了爲人帶來好運之外，有的可用來祝賀他人結婚，有的用來祈求考試順利、選舉或比賽獲勝，最新商品還有祈求安產的。它的許願方式是誠心誠意面對達摩許下心願，然後，用黑筆畫上正對你右手邊的眼睛，過了一年之後，再畫上另一隻眼睛。在這期間，如果願望實現了，隔年就換一個大一號的達摩。另外，也可以自己填入文字，在達摩的腹部填上名字，店家則填商店名號，右肩左肩則分別寫上相關吉祥話，據說可以帶來好運。

1. 請依例在下面 [　] 中選出正確的漢字，並填入______中。

例　きって → 切手

(1)　おふろ → ______

(2)　りょこう → ______

(3)　さしみ → ______

(4)　きっさてん → ______

(5)　おんせん → ______

(6)　しょうらい → ______

(7)　りっぱ → ______

(8)　じゅうしょ → ______

お風呂	喫茶店	刺身	旅行	切手
温泉	将来	住所	立派	

2. 請聽CD，並寫出正確答案。　CD 2-33

(1)______　(2)______　(3)______　(4)______　(5)______

(6)______　(7)______　(8)______　(9)______　(10)______

3. 請在a～g中選出正確的語彙，並填入適當的圖中。

(　　)　(　　)　(　　)　(　　)　(　　)

a. けいたい	b. きって	c. やきゅう	d. ビール
e. にほんりょうり	f. きっさてん	g. テニス	

4. 請看圖，並依例完成下列句子。

A.

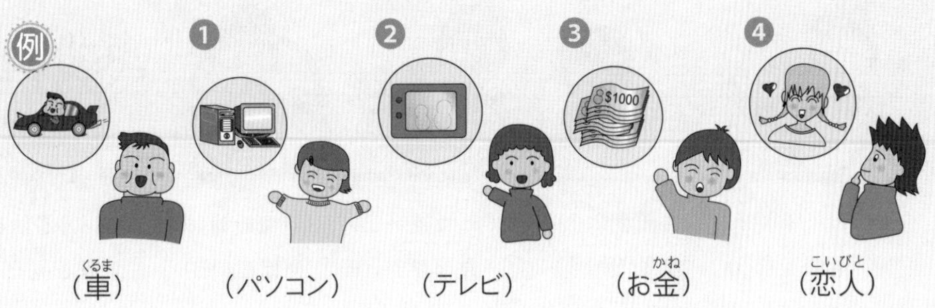

例 → 私（わたし）は　車（くるま）が　ほしいです。

(1) → ______________________________

(2) → ______________________________

(3) → ______________________________

(4) → ______________________________

B.

例 → 私（わたし）は　日本（にほん）へ　行（い）きたいです。

(1) → ______________________________

(2) → ______________________________

(3) → ______________________________

(4) → ______________________________

C.

例 （テレビを見る／勉強をする）　❶ （お風呂に入る／歌を歌う）　❷ （テレビをみる／食事をする）　❸ （音楽を聞く／運転をする）　❹ （ビールを飲む／花を見る）

例 → 私は　いつも　テレビを　見ながら　勉強を　します。

(1) → ______________________

(2) → ______________________

(3) → ______________________

(4) → ______________________

A

練習　解答

第一課

1

(1)私　(2)先生　(3)彼　(4)誰

(5)看護師　(6)秘書　(7)会社員　(8)お巡りさん

2

(1)はじめまして　(2)すみません　(3)せんせい　(4)あのかた

(5)がくせい　(6)おねがいします　(7)これから　(8)どうぞ

(9)よろしく　(10)あなた

3

(1)医者／いしゃ　(2)看護師／かんごし

(3)学生／がくせい　(4)先生／せんせい

4

A. (1) 田中(たなか)さんは　看護師(かんごし)です。

(2) 吉田(よしだ)さんは　秘書(ひしょ)です。

(3) スミスさんは　会社員(かいしゃいん)です。

(4) 村上(むらかみ)さんは　先生(せんせい)です。

B. (1) 田中(たなか)さんは　お巡(まわ)りさんでは　ありません。

(2) 吉田(よしだ)さんは　お巡(まわ)りさんでは　ありません。

(3) スミスさんは　お巡(まわ)りさんでは　ありません。

(4) 村上(むらかみ)さんは　お巡(まわ)りさんでは　ありません。

C. (1) あの方(かた)は　どなたですか。田中(たなか)さんです。

(2) あの方(かた)は　どなたですか。吉田(よしだ)さんです。

(3) あの方(かた)は　どなたですか。スミスさんです。

(4) あの方(かた)は　どなたですか。村上(むらかみ)さんです。

D. (1) 私(わたし)は　学生(がくせい)です。田中(たなか)さんも　学生(がくせい)ですか。

…いいえ、田中(たなか)さんは　学生(がくせい)では　ありません。看護師(かんごし)です。

(2) 私(わたし)は　学生(がくせい)です。吉田(よしだ)さんも　学生(がくせい)ですか。

…いいえ、吉田(よしだ)さんは　学生(がくせい)では　ありません。秘書(ひしょ)です。

(3) 私は　学生です。スミスさんも　学生ですか。

…いいえ、スミスさんは　学生では　ありません。会社員です。

(4) 私は　学生です。村上さんも　学生ですか。

…いいえ、村上さんは　学生では　ありません。先生です。

第二課

1

(1)御土産　(2)小説　(3)傘　(4)車

(5)中国人　(6)英語　(7)本　(8)日本

2

(1)f　(2)b　(3)e　(4)c

3

(1)アメリカ　(2)ボールペン　(3)ドイツ　(4)えいご

(5)イギリスじん　(6)ちゅうごくじん　(7)かばん　(8)しょうせつ

(9)くるま　(10)かさ

4

A. (1) あれは　何ですか。…雑誌です。

(2) あれは　何ですか。…傘です。

(3) あれは　何ですか。…車です。

(4) あれは　何ですか。…日本語の本です。

B. (1) あれは　誰の雑誌ですか。…中村さんのです。

(2) あれは　誰の傘ですか。…林さんのです。

(3) あれは　誰の車ですか。…先生のです。

(4) あれは　誰の日本語の本ですか。…陳さんのです。

C. (1) この　雑誌は　誰のですか。…中村さんのです。

(2) この　傘は　誰のですか。…林さんのです。

(3) この　車は　誰のですか。…先生のです。

(4) この　日本語の本は　誰のですか。…陳さんのです。

D. (1) あれは　雑誌ですか。…はい、そうです。

あれは　お土産ですか。…いいえ、そうでは　ありません。

(2) あれは　傘ですか。…はい、そうです。

あれは　お土産ですか。…いいえ、そうでは　ありません。

(3) あれは　車ですか。…はい、そうです。

あれは　お土産ですか。…いいえ、そうでは　ありません。

(4) あれは　日本語の　本ですか。…はい、そうです。

あれは　お土産ですか。…いいえ、そうでは　ありません。

第三課

1

	A	B
(1)	受付	うけつけ
(2)	売り場	うりば
(3)	食堂	しょくどう
(4)	お手洗い	おてあらい
(5)	時計	とけい
(6)	専攻	せんこう

2 (1)インタビュー　(2)トイレ　(3)クラスメート　(4)スイス

3 (1)いりぐち　(2)おくに　(3)かいしゃ　(4)ちかてつ

(5)としょかん　(6)がっこう　(7)きょうしつ

4 A. (1) Q：ここは　どこですか。　A：ここは　郵便局です。

(2) Q：そこは　どこですか。　A：そこは　食堂です。

(3) Q：あそこは　どこですか。　A：あそこは　図書館です。

B. (1) Q：郵便局は　どこですか。　A：郵便局は　ここです。

(2) Q：食堂は　どこですか。　A：食堂は　そこです。

(3) Q：図書館は　どこですか。　A：図書館は　あそこです。

5

(1) Q：そちらは　トイレですか。
　　A：はい、トイレです。

(2) Q：あちらは　売り場(うりば)ですか。
　　A：いいえ、売り場(うりば)では　ありません。食堂(しょくどう)です。

(3) Q：そちらは　藤井(ふじい)さんですか。
　　A：いいえ、藤井(ふじい)さんでは　ありません。坂本(さかもと)さんです。

第四課

1

	A	B
(1)	辞書	じしょ
(2)	近く	ちかく
(3)	隣	となり
(4)	飲み物	のみもの
(5)	冷蔵庫	れいぞうこ

2

(1)コンビニ　(2)マクドナルド

3

(1)かいぎしつ　(2)くだもの　(3)こうえん　(4)ざっし
(5)すいか　(6)つくえ　(7)なし　(8)にわ

4

(1) Q：冷蔵庫(れいぞうこ)に　何(なに)が　ありますか。　A：飲み物(のみもの)が　あります。
(2) Q：部屋(へや)に　誰(だれ)が　いますか。　A：母(はは)が　います。
(3) Q：庭(にわ)に　何(なに)が　いますか。　A：犬(いぬ)が　います。

5

(1) Q：新聞(しんぶん)は　どこに　ありますか。　A：机(つくえ)の　上(うえ)に　あります。
(2) Q：先生(せんせい)は　どこに　いますか。　A：教室(きょうしつ)に　います。
(3) Q：マクドナルドは　どこに　ありますか。A：駅(えき)の　近(ちか)くに　あります。

第五課

1.
(1) ③ (2) ② (3) ① (4) ① (5) ④
(6) ② (7) ④ (8) ③ (9) ① (10) ②

2.
(1) ② (2) ③ (3) ④ (4) ④ (5) ①
(6) ① (7) ② (8) ③ (9) ④ (10) ②

3.
(1)筆記本 (2)刀片 (3)相機 (4)咖啡 (5) 冷氣機
(6)橡皮擦 (7)修正筆 (8)文具 (9)電風扇 (10) 電話號碼

4.
(1)有幾張桌子？ (2)有幾位職員？ (3)有幾枝鉛筆？
(4)有幾隻貓？ (5)有幾台冷氣機？ (6)總共多少錢？
(7)電話號碼幾號？ (8)請給我一個蘋果 (9)請給我一台相機
(10)請給我一張郵票

第六課

1.
(1) ③ (2) ④ (3) ① (4) ② (5) ③
(6) ① (7) ④ (8) ① (9) ④ (10) ④

2.
(1) ② (2) ④ (3) ④ (4) ④ (5) ①
(6) ③ (7) ② (8) ④ (9) ③ (10) ③

3.
(1)他是溫柔的男生。 (2)她是美麗的女生。
(3)台灣菜好吃。 (4)橘子有點兒酸。
(5)梨子很大，而且很甜。 (6)柿子好吃，而且便宜。
(7)冬天有點兒蕭條。
(8)秋天很涼爽，而且楓葉也很漂亮。
(9)日本料理很好吃，可是不便宜。
(10)那位英俊的男生是我的學長。

	形容詞	肯定	否定1	否定2
1.			寒くないです	
2.		暑いです		暑くありません
3.	黒い		黒くないです	黒くありません
4.		いいです	よくないです	よくありません
5.	美味しい		美味しくないです	美味しくありません
6.	小さい	小さいです	小さくないです	
7.		高いです	高くないです	高くありません
8.	優しい		優しくないです	優しくありません
9.	悪い	悪いです		悪くありません
10.	安い	安いです	安くないです	

第七課

(1) ②　(2) ③　(3) ④　(4) ②　(5) ②
(6) ③　(7) ③　(8) ①　(9) ③　(10) ①
(11) ③　(12) ②

2

(1) うちは　えきに　ちかくて　べんりです。

(2) ゆうべの　はなびたいかいは　とても　きれいでした。

(3) わたしは　しずかで　きれいな　ところが　すきです。

(4) せんしゅうの　りょこうは　とても　たのしかったです。

(5) きょねんの　なつは　あまり　あつく　なかったです。

(6) きのうは　きゅうじつでは　ありませんでしたから、ひとが　すくなかったです。

3

肯定現在式	否定現在式	肯定過去式	否定過去式
	難(むずか)しくないです	難(むずか)しかったです	難(むずか)しくなかったです
	よくないです	よかったです	よくなかったです
喧(やかま)しい	喧(やかま)しくないです	喧(やかま)しかったです	
好(す)きです		好(す)きでした	好(す)きではありませんでした
便利(べんり)です	便利(べんり)ではありません		便利(べんり)ではありませんでした
	静(しず)かではありません	静(しず)かでした	静(しず)かではありませんでした
休日(きゅうじつ)です	休日(きゅうじつ)ではありません		休日(きゅうじつ)ではありませんでした
昨日(きのう)です		昨日(きのう)でした	昨日(きのう)ではありませんでした

4
(1) あしたは　にちようびでは　ありません。どようびです。
(2) えいごの　しけんは　むずかしくなかったです。
(3) この　ちかくは　ちかくて　べんりです。
(4) むかし　この　こうえんは　しずかで　きれいでしたよ。
(5) せんしゅうは　とても　いそがしかったですが、
こんしゅうはぜんぜん　いそがしくないです。
(6) きょねんの　なつは　あまり　あつくなかったです。
（とても　あつかったです。）
(7) おすしは　おいしくないですから、すきでは　ありません。
(8) わたしの　へやは　ひろくないですが、きれいですよ。

5
(1) 依實際狀況自由作答
(2) 依實際狀況自由作答
(3) 依實際狀況自由作答
(4) いいえ、たいわんの　ふゆは　あまり　さむくないです。
(5) 依實際狀況自由作答

第八課

1

(1) ②　(2) ①　(3) ④　(4) ①　(5) ③
(6) ②　(7) ①　(8) ①　(9) ①　(10) ③
(11) ②

2
(1) にちようびは　なにか　すきなことを　しますか。
(2) わたしは　あまり　しんぶんを　よみません。
(3) それは　おもしろくて　たのしいですね。
(4) わたしは　よく　インターネットで　ともだちと　はなしを　します。
(5) あねは　しゃしんを　たくさん　とりました。
(6) どうして　うちで　ゆっくり　やすみませんか。

3

	讀音		V1	V2	V3	V4	V5	V6	V7
	語幹	語尾							
買う	か	う	わ	い	う	う	え	え	お
聞く	き	く	か	き	く	く	け	け	こ
吸う	す	う	わ	い	う	う	え	え	お
話す	はな	す	さ	し	す	す	せ	せ	そ
払う	はら	う	わ	い	う	う	え	え	お
飲む	の	む	ま	み	む	む	め	め	も
休む	やす	む	ま	み	む	む	め	め	も
読む	よ	む	ま	み	む	む	め	め	も
終わる	おわ	る	ら	り	る	る	れ	れ	ろ
撮る	と	る	ら	り	る	る	れ	れ	ろ
する	す	る	し	し	する	する	すれ	しろ	×

4 (1)コーヒーを　飲む　(2)新聞を　読む
(3)家で　休む　(4)友達と　話を　する
(5)写真を　撮る　(6)かばんを　買う
(7)アルバイトを　する　(8)宿題を　書く
(9)電話代を　払う

5 A. (1) 家族と　デパートで　いろいろな　物を　買いました。
それから　レストランで　食事を　しました。

(2) レストランで　食事を　しました

(3) いいえ、すこし　高かったです。

(4) おいしかったです。(おいしい　料理でした。)

(5) いいえ、しません。

(6) 家(うち)で　ゆっくり　休(やす)みます。

(7) 友達(ともだち)と　話(はなし)を　します。

B. (1) にほんごを　べんきょうしました。

(2) はい、ちちは　まいにち　しんぶんを　よみます。

(3) （わたしは）　コンビニで　（でんわだいを）　はらいます。

(4) いいえ、（わたしは）　きのう　アルバイトを　しませんでした。

(5) いいえ、（わたしは）　おさけを　のみません。

(6) いいえ、（わたしは）　あまり　にほんごで　ともだちと　はなしを　しません。

第九課

1

(1) ③　(2) ①　(3) ②　(4) ④　(5) ②
(6) ②　(7) ①　(8) ③　(9) ④　(10) ④

2

(1) に　(2) に　(3) に　(4) で／を
(5) は／で／へ　(6) に／へ／か

3

(1) 父(ちち)　(2) お母(かあ)さん　(3) 兄(あに)　(4) お姉(ねえ)さん
(5) 弟(おとうと)　(6) 妹(いもうと)さん

4

(1)五段動詞　(2)五段動詞　(3)五段動詞
(4)五段動詞　(5)五段動詞　(6)下一段動詞
(7)カ行變格動詞　(8)上一段動詞　(9)下一段動詞
(10)五段動詞　(11)五段動詞　(12)上一段動詞
(13)五段動詞　(14)五段動詞　(15)下一段動詞
(16)下一段動詞　(17)サ行變格動詞　(18)下一段動詞
(19)五段動詞

5

(1) 買(か)います
(2) 死(し)にます
(3) 帰(かえ)ります
(4) 見(み)ます
(5) 着(き)ます
(6) 休(やす)みます
(7) 来(き)ます
(8) 待(ま)ちます
(9) 泳(およ)ぎます
(10) 思(おも)います
(11) 掛(か)けます
(12) 脱(ぬ)ぎます
(13) 働(はたら)きます
(14) 乗(の)ります
(15) 降(お)ります
(16) 答(こた)えます
(17) 勉強(べんきょう)します
(18) 入(はい)ります
(19) 遊(あそ)びます
(20) 話(はな)します

第十課

1

(1) ③　(2) ④　(3) ④　(4) ②　(5) ④
(6) ③　(7) ①　(8) ②　(9) ①　(10) ③

2

(1)恐龍妹　(2)社團　(3)影迷／歌迷　(4)巨蛋
(5)大型購物中心　(6)色彩　(7)幸運　(8)號碼
(9)運動　(10)武士

3

(1)明天有空嗎？
(2)比賽從星期六開始。
(3)您生日什麼時候？
(4)在那座公園休息吧。
(5)我的專攻是國際貿易。
(6)我的拿手菜是茶碗蒸。
(7)那裡有自動販賣機。
(8)一起喝咖啡好嗎？
(9)我加入了棒球社。
(10)棒球練習是星期一、三、五下午。

4

	動詞	ます	ません	ましょう
1.			行きません	
2.		帰ります		帰りましょう
3.	食べる		食べません	
4.	寝る	寝ます		寝ましょう
5.		起きます	起きません	
6.	見る		見ません	見ましょう
7.			飲みません	飲みましょう
8.	撮る	撮ります		撮りましょう
9.	買う	買います	買いません	
10.	入る		入りません	入りましょう
11.	する		しません	しましょう
12.		来ます	来ません	来ましょう

第十一課

1 (1) ③　(2) ②　(3) ③　(4) ①　(5) ①
(6) ③　(7) ④　(8) ③　(9) ②　(10) ①

2 (1)に、へ、に　(2)へ、を、に　(3)と、に、へ、に　(4)を、に、へ
(5)と、へ、を、に　(6)を、に　(7)の、へ、に

3 (1) F　(2) E　(3) G　(4) A
(5) B　(6) D　(7) C　(8) H

4

(1) 私は　図書館へ　本を　借りに　行きます。

(2) 私は　映画館へ　映画を　見に　行きます。

(3) 私は　公園へ　散歩に　行きます。

(4) 私は　デパートへ　買い物に　行きます。

(5) 私は　空港へ　友達を　迎えに　行きます。

(6) 私は　郵便局へ　切手を　買いに　行きます。

(7) 私は　食堂へ　食事に　行きます。

(8) 私は　外国へ　旅行に　行きます

5

(1) 私は　食堂へ　食事に　行きます。

(2) 明日　空港へ　友達を　迎えに　行きます。

(3) 先週の　日曜日に　（私は）　家族と　一緒に　陽明山へ　花見に　行きました。

(4) 父は　仕事を　探しに　台北へ　行きます。

(5) 夏休みに　私は　アメリカへ　旅行に　行きます。

第十二課

1

(1)お風呂　(2)旅行　(3)刺身　(4)喫茶店　(5)温泉
(6)将来　(7)立派　(8)住所

2

(1)やきゅう　(2)にほんりょうり　(3)たべもの　(4)すし
(5)なつやすみ　(6)メール　(7)じゅうしょ　(8)しょうしゃ
(9)けいたい　(10)ビジネスマン

3

c　d　b　a　f

4

A. (1)わたしは　パソコンが　ほしいです。

(2)わたしは　テレビが　ほしいです。

(3)わたしは　お金(かね)が　ほしいです。

(4)わたしは　恋人(こいびと)が　ほしいです。

B.　(1)わたしは　ビールを　飲(の)みたいです。

(2)わたしは　歌(うた)を　歌(うた)いたいです。

(3)わたしは　テニスを　したいです。

(4)わたしは　日本料理(にほんりょうり)を　食(た)べたいです。

C.　(1)わたしは　いつも　お風呂(ふろ)に　入(はい)りながら、歌(うた)を　歌(うた)います。

(2)わたしは　いつも　テレビを　見(み)ながら、食事(しょくじ)を　します。

(3)わたしは　いつも　音楽(おんがく)を　聞(き)きながら、運転(うんてん)を　します。

(4)わたしは　いつも　ビールを　飲(の)みながら、花(はな)を　見(み)ます。

筆記欄

B

單字索引

あ／ア

い／イ

う／ウ

かりる	借りる	11
かれ	彼	1
かわいい	可愛い	2
かんこく	韓国	2
かんこくご	韓国語	2
かんこくじん	韓国人	2
かんごし	看護師	1
かんせん	観戦	10

き／キ

きいろい	黄色い	6
きく	聞く	8
きっさてん	喫茶店	7
きって	切手	12
きのう	昨日	7
キャンプ	camp	11
きゅうじつ	休日	7
きょう	今日	7
きょうしつ	教室	3
きょねん	去年	11
きらい	嫌い(だ)	12
きる	着る	9
きれい	綺麗(だ)	6

く／ク

くうこう	空港	11
クーラー	cooler	5
くがつ	九月	10
ください		7
くだもの	果物	4
くだものや	果物屋	4
クラスメート	classmate	3
クラブ	club	10
くる	来る	9
くるま	車	2
くろい	黒い	6

け／ケ

けいたい	携帯	12
ゲーム	game	12
けしゴム	消しgom(荷)	2
けつえきがた	血液型	10
けっこん	結婚	8
けんか	喧嘩	11
げんき	元気(だ)	6

こ／コ

こうえん	公園	4
こうがい	郊外	9
こうじょう	工場	9
こうちょうせんせい	校長先生	9
こうはい	後輩	6
こうむいん	公務員	1
コーヒー	coffee	5
こくさいぼうえき	国際貿易	3
ここ		3
ごご	午後	9
ここのつ	九つ	5
こじん	個人	12
こちら		3
こたえる	答える	9
こと	事	8
ことし	今年	9
この		2

て／テ

と／ト

な／ナ

に／ニ

よる	夜	9
よろしく	宜しく	1

ら／ラ

らいげつ	来月	11
らいしゅう	来週	11
ラストサムライ	Last Samurai	10
ラッキーカラー	lucky color	10
ラッキーナンバー	lucky number	10

り／リ

りっぱ	立派(だ)	12
りゅうがく	留学	11
りょうしん	両親	11
りょうり	料理	6
りょこう	旅行	7
りんご		4

れ／レ

れいぞうこ	冷蔵庫	4
レストラン	restaurant	8
れんしゅう	練習	10
れんらく	連絡	9

わ／ワ

わかりました	分かりました	3
わかれる	別れる	11
わたし	私	1
わるい	悪い	6

C

附録

1. 數字
2. 時間
3. 期間
4. 量詞
5. 日本地圖

數字

0	ゼロ、れい	14	じゅうよん、じゅうし
1	いち	15	じゅうご
2	に	16	じゅうろく
3	さん	17	じゅうなな、じゅうしち
4	よん、し	18	じゅうはち
5	ご	19	じゅうきゅう、じゅうく
6	ろく	20	にじゅう
7	なな、しち	30	さんじゅう
8	はち	40	よんじゅう
9	きゅう、く	50	ごじゅう
10	じゅう	60	ろくじゅう
11	じゅういち	70	ななじゅう、しちじゅう
12	じゅうに	80	はちじゅう
13	じゅうさん	90	きゅうじゅう

100	ひゃく	1,000	せん	10,000	いちまん
200	にひゃく	2,000	にせん	100,000	じゅうまん
300	さんびゃく	3,000	さんぜん	1,000,000	ひゃくまん
400	よんひゃく	4,000	よんせん	10,000,000	せんまん
500	ごひゃく	5,000	ごせん	100,000,000	いちおく
600	ろっぴゃく	6,000	ろくせん	18.5	じゅうはちてんご
700	ななひゃく	7,000	ななせん	0.92	れいてんきゅうに
800	はっぴゃく	8,000	はっせん	1/2	にぶんのいち
900	きゅうひゃく	9,000	きゅうせん	3/5	ごぶんのさん

時間

時刻

	點(鐘)			分	
1	いちじ	1時	1	いっぷん	1分
2	にじ	2時	2	にふん	2分
3	さんじ	3時	3	さんぷん	3分
4	よじ	4時	4	よんぷん	4分
5	ごじ	5時	5	ごふん	5分
6	ろくじ	6時	6	ろっぷん	6分
7	しちじ	7時	7	ななふん、しちふん	7分
8	はちじ	8時	8	はっぷん	8分
9	くじ	9時	9	きゅうふん	9分
10	じゅうじ	10時	10	じゅっぷん、じっぷん	10分
11	じゅういちじ	11時	15	じゅうごふん	15分
12	じゅうにじ	12時	30	さんじゅっぷん さんじっぷん	30分/半
?	なんじ	何時	?	なんぷん	何分

曜日（星期）

星期一	星期二	星期三	星期四	星期五	星期六	星期日
月曜日 げつようび	火曜日 かようび	水曜日 すいようび	木曜日 もくようび	金曜日 きんようび	土曜日 どようび	日曜日 にちようび

日期

月			日					
1	いちがつ	1月	1	ついたち	1日	17	じゅうしちにち	17日
2	にがつ	2月	2	ふつか	2日	18	じゅうはちにち	18日
3	さんがつ	3月	3	みっか	3日	19	じゅうくにち	19日
4	しがつ	4月	4	よっか	4日	20	はつか	20日
5	ごがつ	5月	5	いつか	5日	21	にじゅういちにち	21日
6	ろくがつ	6月	6	むいか	6日	22	にじゅうににち	22日
7	しちがつ	7月	7	なのか	7日	23	にじゅうさんにち	23日
8	はちがつ	8月	8	ようか	8日	24	にじゅうよっか	24日
9	くがつ	9月	9	ここのか	9日	25	にじゅうごにち	25日
10	じゅうがつ	10月	10	とおか	10日	26	にじゅうろくにち	26日
11	じゅういちがつ	11月	11	じゅういちにち	11日	27	にじゅうしちにち	27日
12	じゅうにがつ	12月	12	じゅうににち	12日	28	にじゅうはちにち	28日
?	なんがつ	何月	13	じゅうさんにち	13日	29	にじゅうくにち	29日
			14	じゅうよっか	14日	30	さんじゅうにち	30日
			15	じゅうごにち	15日	31	さんじゅういちにち	31日
			16	じゅうろくにち	16日	?	なんにち	何日

時間

	小時		分鐘	
?	なんじかん	何時間	なんぷん	何分
1	いちじかん	1時間	いっぷん	1分
2	にじかん	2時間	にふん	2分
3	さんじかん	3時間	さんぷん	3分
4	よじかん	4時間	よんぷん	4分
5	ごじかん	5時間	ごふん	5分
6	ろくじかん	6時間	ろっぷん	6分
7	ななじかん / しちじかん	7時間	ななふん / しちふん	7分
8	はちじかん	8時間	はっぷん	8分
9	くじかん	9時間	きゅうふん	9分
10	じゅうじかん	10時間	じゅっぷん / じっぷん	10分

期間

日	星期／週	月	年
なんにち 何日	なんしゅうかん 何週間	なんかげつ 何か月	なんねん 何年
いちにち 1日	いっしゅうかん 1週間	いっかげつ 1か月	いちねん 1年
ふつか 2日	にしゅうかん 2週間	にかげつ 2か月	にねん 2年
みっか 3日	さんしゅうかん 3週間	さんかげつ 3か月	さんねん 3年
よっか 4日	よんしゅうかん 4週間	よんかげつ 4か月	よねん 4年
いつか 5日	ごしゅうかん 5週間	ごかげつ 5か月	ごねん 5年
むいか 6日	ろくしゅうかん 6週間	ろっかげつ / はんとし 6か月 / 半年	ろくねん 6年
なのか 7日	ななしゅうかん しちしゅうかん 7週間	ななかげつ しちかげつ 7か月	ななねん しちねん 7年
ようか 8日	はっしゅうかん 8週間	はちかげつ はっかげつ 8か月	はちねん 8年
ここのか 9日	きゅうしゅうかん 9週間	きゅうかげつ 9か月	きゅうねん / くねん 9年
とおか 10日	じゅっしゅうかん じっしゅうかん 10週間	じゅっかげつ じっかげつ 10か月	じゅうねん 10年

量　詞

	人		東　西		扁平的東西、薄的東西 如：衣服、郵票、紙張	
?	なんにん	何人	いくつ		なんまい	何枚
1	ひとり	1人	ひとつ	1つ	いちまい	1枚
2	ふたり	2人	ふたつ	2つ	にまい	2枚
3	さんにん	3人	みっつ	3つ	さんまい	3枚
4	よにん	4人	よっつ	4つ	よんまい	4枚
5	ごにん	5人	いつつ	5つ	ごまい	5枚
6	ろくにん	6人	むっつ	6つ	ろくまい	6枚
7	ななにん/しちにん	7人	ななつ	7つ	ななまい	7枚
8	はちにん	8人	やっつ	8つ	はちまい	8枚
9	きゅうにん/くにん	9人	ここのつ	9つ	きゅうまい	9枚
10	じゅうにん	10人	とお	10	じゅうまい	10枚

	順　序		機器、車輛		書、筆記本	
?	なんばん	何番	なんだい	何台	なんさつ	何冊
1	いちばん	1番	いちだい	1台	いっさつ	1冊
2	にばん	2番	にだい	2台	にさつ	2冊
3	さんばん	3番	さんだい	3台	さんさつ	3冊
4	よんばん	4番	よんだい	4台	よんさつ	4冊
5	ごばん	5番	ごだい	5台	ごさつ	5冊
6	ろくばん	6番	ろくだい	6台	ろくさつ	6冊
7	ななばん	7番	ななだい	7台	ななさつ	7冊
8	はちばん	8番	はちだい	8台	はっさつ	8冊
9	きゅうばん	9番	きゅうだい	9台	きゅうさつ	9冊
10	じゅうばん	10番	じゅうだい	10台	じゅっさつ/じっさつ	10冊

	年齢		次數、頻率		小東西	
?	なんさい	何歳	なんかい	何回	なんこ	何個
1	いっさい	1歳	いっかい	1回	いっこ	1個
2	にさい	2歳	にかい	2回	にこ	2個
3	さんさい	3歳	さんかい	3回	さんこ	3個
4	よんさい	4歳	よんかい	4回	よんこ	4個
5	ごさい	5歳	ごかい	5回	ごこ	5個
6	ろくさい	6歳	ろっかい	6回	ろっこ	6個
7	ななさい	7歳	ななかい	7回	ななこ	7個
8	はっさい	8歳	はっかい	8回	はっこ	8個
9	きゅうさい	9歳	きゅうかい	9回	きゅうこ	9個
10	じゅっさい じっさい	10歳	じゅっかい じっかい	10回	じゅっこ じっこ	10個

	鞋子、襪子		建築物的樓層		房屋	
?	なんぞく	何足	なんがい	何階	なんげん	何軒
1	いっそく	1足	いっかい	1階	いっけん	1軒
2	にそく	2足	にかい	2階	にけん	2軒
3	さんぞく	3足	さんがい	3階	さんげん	3軒
4	よんそく	4足	よんかい	4階	よんけん	4軒
5	ごそく	5足	ごかい	5階	ごけん	5軒
6	ろくそく	6足	ろっかい	6階	ろっけん	6軒
7	ななそく	7足	ななかい	7階	ななけん	7軒
8	はっそく	8足	はっかい	8階	はっけん	8軒
9	きゅうそく	9足	きゅうかい	9階	きゅうけん	9軒
10	じゅっそく じっそく	10足	じゅっかい じっかい	10階	じゅっけん じっけん	10軒

	用杯子等盛的飲料 例如：啤酒、水等		長的東西 例如：筆、酒瓶等		小動物等 例如：魚、貓、昆蟲等	
?	なんばい	何杯	なんぼん	何本	なんびき	何匹
1	いっぱい	1杯	いっぽん	1本	いっぴき	1匹
2	にはい	2杯	にほん	2本	にひき	2匹
3	さんばい	3杯	さんぼん	3本	さんびき	3匹
4	よんはい	4杯	よんほん	4本	よんひき	4匹
5	ごはい	5杯	ごほん	5本	ごひき	5匹
6	ろっぱい	6杯	ろっぽん	6本	ろっぴき	6匹
7	ななはい	7杯	ななほん	7本	ななひき	7匹
8	はっぱい	8杯	はっぽん	8本	はっぴき	8匹
9	きゅうはい	9杯	きゅうほん	9本	きゅうひき	9匹
10	じゅっぱい じっぱい	10杯	じゅっぽん じっぽん	10本	じゅっぴき じっぴき	10匹

JAPAN
日本

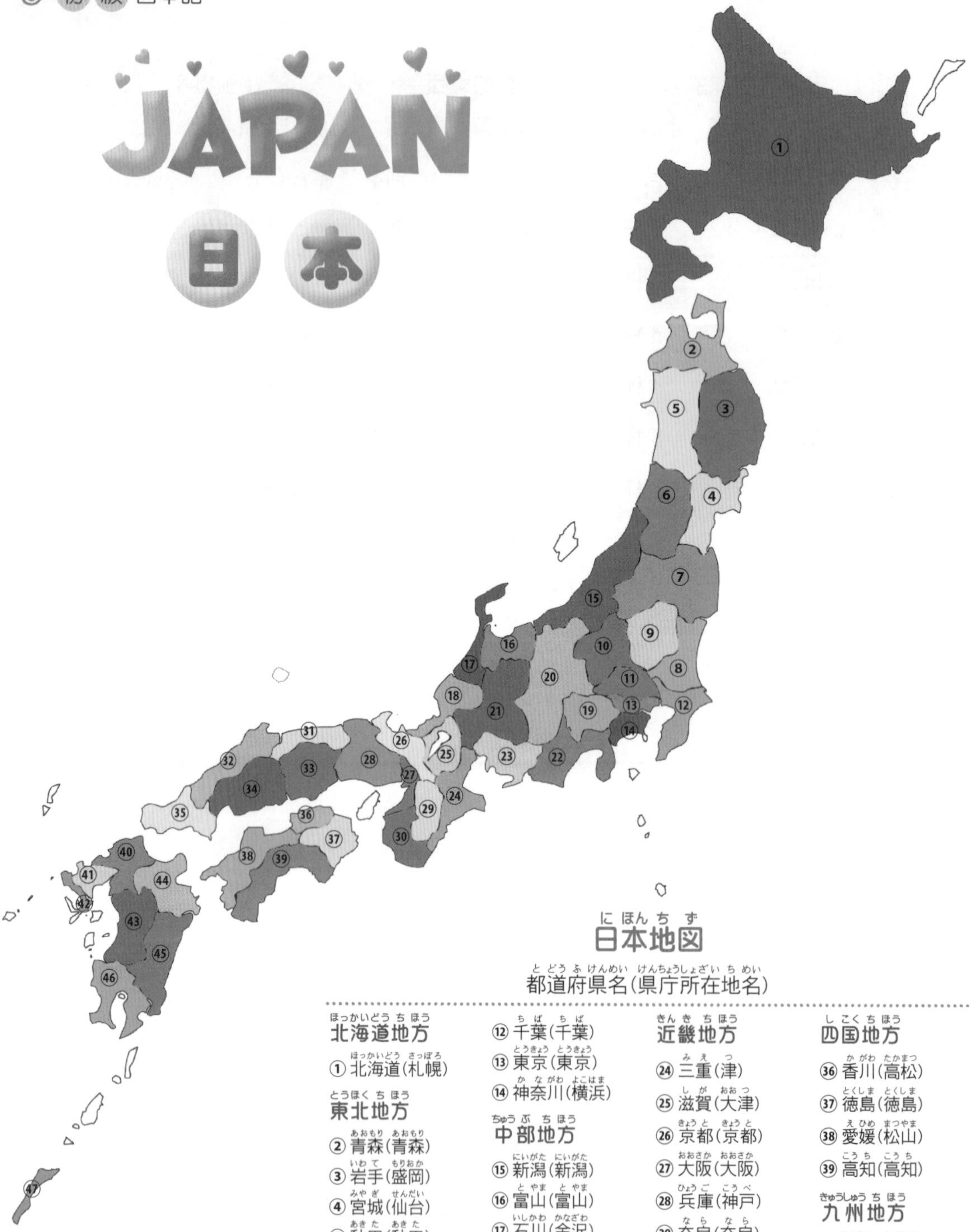

日本地図

都道府県名(県庁所在地名)

北海道地方
① 北海道(札幌)

東北地方
② 青森(青森)
③ 岩手(盛岡)
④ 宮城(仙台)
⑤ 秋田(秋田)
⑥ 山形(山形)
⑦ 福島(福島)

関東地方
⑧ 茨城(水戸)
⑨ 栃木(宇都宮)
⑩ 群馬(前橋)
⑪ 埼玉(浦和)
⑫ 千葉(千葉)
⑬ 東京(東京)
⑭ 神奈川(横浜)

中部地方
⑮ 新潟(新潟)
⑯ 富山(富山)
⑰ 石川(金沢)
⑱ 福井(福井)
⑲ 山梨(甲府)
⑳ 長野(長野)
㉑ 岐阜(岐阜)
㉒ 静岡(静岡)
㉓ 愛知(名古屋)

近畿地方
㉔ 三重(津)
㉕ 滋賀(大津)
㉖ 京都(京都)
㉗ 大阪(大阪)
㉘ 兵庫(神戸)
㉙ 奈良(奈良)
㉚ 和歌山(和歌山)

中国地方
㉛ 鳥取(鳥取)
㉜ 島根(松江)
㉝ 岡山(岡山)
㉞ 広島(広島)
㉟ 山口(山口)

四国地方
㊱ 香川(高松)
㊲ 徳島(徳島)
㊳ 愛媛(松山)
㊴ 高知(高知)

九州地方
㊵ 福岡(福岡)
㊶ 佐賀(佐賀)
㊷ 長崎(長崎)
㊸ 熊本(熊本)
㊹ 大分(大分)
㊺ 宮崎(宮崎)
㊻ 鹿児島(鹿児島)
㊼ 沖縄(那覇)

南西諸島

筆
記
欄

國家圖書館出版品預行編目(CIP)資料

初級日本語：能力本位教材 / 陳金順等編著. --三版. --
新北市：全華圖書, 2020.03
面； 公分
ISBN 978-986-503-362-0 (平裝附光碟片)

1.日語 2.讀本

803.18 109003172

初級日本語－能力本位教材

作者 / 羅素娟・陳金順・王百祿・張耿明・邱齊滿
校閱 / 高橋正己
執行編輯 / 張晏誠
發行人 / 陳本源
出版者 / 全華圖書股份有限公司
郵政帳號 / 0100836-1號
印刷者 / 宏懋打字印刷股份有限公司
圖書編號 / 09034020
三版一刷 / 2020年3月
定價 / 新台幣 390 元
ISBN / 978-986-503-362-0 (平裝附光碟片)
全華圖書 / www.chwa.com.tw
全華網路書店Open Tech / www.opentech.com.tw
若您對書籍內容、排版印刷有任何問題，歡迎來信指導book@chwa.com.tw

臺北總公司(北區營業處)
地址：23671新北市土城區忠義路21號
電話：(02) 2262-5666
傳真：(02) 6637-3695、6637-3696

南區營業處
地址：80769高雄市三民區應安街12號
電話：(07) 862-9123
傳真：(07) 862-5562

中區營業處
地址：40256臺中市南區樹義一巷26號
電話：(04) 2261-8485
傳真：(04) 3600-9806